Opal
オパール文庫

イケメン弁護士は乙女ちっくがお好き?

山内 詠

プランタン出版

目次

※本作品の内容はすべてフィクションです。

大人になることは、私、小林百合《こばやしゆり》にとって「自由」になることと同じだった。

だって自分の好きなものに囲まれた暮らしをすることが出来る。天蓋《てんがい》付きのベッドだって、フリルたっぷりのカーテンだって、誰にも文句は言わせない。

好きな時間に起きて、好きなご飯を食べられる。朝からケーキだって食べちゃうし、嫌いなものなんて最初から食卓に載せやしない。可愛い箸置《はしお》きも使っちゃう。

やりたいことにとことん熱中できる。ぬいぐるみ作りだって、レース編みだって好きなだけやれる。

雑貨店を探し歩いて、可愛いキッチンツールを見つけたり、自分で作ったパッチワークのタペストリーで部屋を飾ったり。そんな日々は楽しくって仕方ない。

かわりに自分の喰いぶちは自分で稼がなくちゃいけないし、誰かが世話をしてくれるわけじゃない。でも権利に義務がついてくるのは当然のことだ。

誰かから与えられるものが自分の本当に欲しいものとは限らない。自分の欲しいものやしたいことのための苦労なんて、苦労のうちに入らないでしょ。

そうして作りあげた私だけの完璧な世界に、他の登場人物なんて別にいらないや。

ずっとそんな風に、思っていたんだ。

あなたと、出会うまでは。

第一章　自由なおひとりさま

「ねえ智美、来週の土曜日空いてる？　去年行ったデザートブッフェのチケット取れたんだ！　今年も一緒に行こうよ」

お気に入りのスイーツショップが半年に一度だけ開催するブッフェは毎年大人気で、事前に予約を入れないと入店出来ない。だから随分前から申し込みしていたけれど、抽選だからギリギリにならないとチケットをとれるかどうかわからなかった。

お昼休み、いつも一緒に昼食をとっている同期の吉村智美《よしむらともみ》も甘いもの好きだから、きっと喜んで付き合ってくれると思って誘ったんだけど。

「うーん、来週はちょっと、無理。……ゴメン」

ある程度予想していたとはいえ、案の定断られる。

「……また彼氏ですか」

「そうです……」

半年前恋人の出来た智美は、とってもとっても付き合いが悪くなった。すでに半同棲状態で、毎週末はもちろん彼とどこぞにお出かけ。

そりゃまあ紆《う》余《よ》曲《きょく》折《せつ》を経て、ようやくお付き合いした相手だってことは、重々承知している。恋人と上手くいっているのは友達として喜ばしいとも思う。

だけどさ、もう付き合って半年だよ？　ちょっとは女友達との付き合いを大切にしてくれてもよくない？　って言いたくなる。

だってお互いに同じ会社だから、ほぼ毎日会ってるんだよ？

智美の恋人、黒滝信也《くろたきしんや》は智美と同じ営業部所属の社員だけど、「プリンス」というベタなあだ名で呼ばれている。それというのも彼はなんと我が社の御曹司で超イケメンだから。まるで少女マンガのヒーローみたいってことで「プリンス」。智美と付き合い始めてからも社内の人気は相変わらず高い。

対する智美は小さくてふくふくしていて、思わず抱きしめたくなっちゃうような、可愛い子だ。本人は太っているとしきりに気にしているけれど、マシュマロみたいにどこもかしこも柔らかそうな身体は、私からするとすっごく羨ましい。

というのも私は身長１７０㎝、骨太で筋肉がつきやすい体質で、どうにも硬そうな身体なのだ。胸はそれなりに大きさがあるけれど、なんかハンドボールを半分に切ってくっつけましたって感じで、智美の見るからにふわふわな胸には遠く及ばない。

きっとプリンス黒滝もこれにやられちゃったんだろう、なんて思っているのは内緒だ。

先に約束しているのは彼の方だし、他人の恋路を邪魔するヤツは馬に蹴られて酷い目にあうってわかってるから、さすがに文句は口に出さない。けど、ため息のひとつやふたつは許してほしいところ。黒滝のことをわざと嫌みたらしく「プリンス」と呼んでしまうことも、ね。

まあ口には出さずとも不機嫌さは隠さない私を見て、智美は申し訳なさそうに来週末の予定を教えてくれた。

「……実はさ、来週は彼のお姉さんに会いに行く予定なの」

ちょっと、それって、家族にお呼ばれってこと？　ということは……もしかしなくても、結婚とかそういう、挨拶的な⁉

「プリンスったら、交際歴半年で決めちゃうんだね。すごいわぁ」

さすがに他人の目や耳が気になる社員食堂での会話なので具体的なことを言わずに匂わせるにとどめた。そんな曖昧な表現がすぐに飲み込めなかったのか、智美は一瞬きょとんとした顔をした。けれど、理解するなり顔を真っ赤にして否定してくる。

「えっ⁉　いや、百合違うよ⁉　まだそういう話にはなってないから！」

「じゃあなんでよ？」

「ちょっと事情があって……」

プリンスは4人姉弟で、末っ子長男だって話だから、姉には弱いのかもしれない。だけど弟の恋人に会いたいっていう姉も姉だよ。

「事情って何よ？　小姑《こじゅうと》チェック？」

「違う違う。私、上と下のお姉さんには会ったことあるんだけど、真ん中のお姉さんとはまだ無くてね。子供が生まれてなかなか外出出来ないから、家まで来て顔見せろって彼が散々言われて……」

「……根負けしたと。ヘタレねぇ、プリンス」

付き合っている今の段階で小姑から将来の嫁候補を守れないで、ラスボスの姑はどうするつもりなのかしら。

呆れた気持ちが顔に出てしまったのだろう。智美は苦笑いしながら「でもその気持ち、わからなく無いんだよね」と続ける。

「生まれたばかりの姪っこにデレデレだから、もう写メとかあげないって言われて降参しちゃったみたい。私もお兄ちゃんとこに子供生まれた時も似たような感じだったから、しょうがないやと思って。やっぱり可愛いよ」

そういえば去年、智美の甥っこの画像、見せて貰ったなぁ。出産祝いを一緒に選んだっけ。

私はひとりっ子だから、血のつながった甥や姪が出来る可能性はゼロだ。

でも赤ちゃんは無条件で可愛いと思う。たうたうのほっぺにボンレスハムみたいにむちむちの手足、おむつで大きくなったお尻。どれをとっても抱き締めて頬ずりしたくなっちゃう！　加えて血が繋がっているとわかっていればさらに可愛くなるものなんだろう。

「全く、仕方ないなぁ」

「……ホント、ごめん！　今週だったら大丈夫だったんだけど」

「あら、週末空いてるなんて珍しい」

「今週は黒滝さん東北に出張だから」

なるほどそういうことか。

「仕事以外は常に一緒と」

「そういうわけじゃないって」

智美は否定するけれど、プリンス黒滝が智美にベタ惚れなのは、社内の人間なら周知の事実だし、ここ半年週末私と遊んだ回数は片手でお釣りがくる程だ。ほとんどプリンスとのデートで断られている。ラブラブなのは結構ですけどねぇ。

「ま、来週はせいぜい小姑との対決、頑張りなさいよ」

「なんか小姑って言うと、ものすごい敵っぽさ半端ないから止めて……。今から超緊張してるんだから！」

「何が敵なんですかぁー？」

声をかけられて振り向くと、後輩の森山薫《もりやまかおる》が笑顔で立っていた。

「隣いいですか？」

ちらりと智美に視線を向けると、小さく頷いてくれた。よしＯＫ。

「いいけど、アンタいつも弁当じゃなかったっけ？」

弁当組は混雑する社食じゃなくて、各階にある休憩スペースや自分のデスクで食べる人が多い。ところが薫の手にあるのはお弁当じゃなくて、本日のランチ、鶏つくね（みそ味）定食だ。

私たちの勤めている会社はブロイラーの製造・販売をしているので、社食のメニューは圧倒的に鶏肉を使用したものが多い。ちなみに本日私はチキンピカタ定食で、智美はかしわうどん。社食は美味《おい》しいし、安いからかなりの頻度《ひんど》で利用している。

「あー、彼氏と別れたんで、止めましたっ」

「あれ、同棲してなかったっけ？」

「先週末追い出しました」

「先週って……アンタ、サイクル早すぎ」

確か付き合い始めたのって3ヶ月くらい前だったと思うんだけど。付き合ってすぐに同棲していたから、よっぽど相性がいいんだろうと思っていたのに。

「たおぱんぱはマジ勘弁です！」

追い出した、ということにもびっくりしたけど、それよりも意味不明の一言が気になった。

「たおぱんぱ？　何それ？」

智美も同じだったらしく、首を傾げている。私にもわからない。パンダの親戚か何か？

「タオル・パンツ・パジャマを風呂上がりに用意しなくちゃいけない男のことですよ。実家でお母さんに甘やかされてる男に多いですね」

「はぁ!?　今時いるの、そんなマザコン男」

「いっぱいいますよー！　不肖森山薫、通算3人目です」

「23ですでに3人って……アンタの見る目の無さが心配だわ」

「ホント、一体どこにいるんですかね、いい男。ねっ吉村さんっ！」

「はいっ!?」

突如話をふられた智美が目を白黒させる。やっぱりそこに目をつけるか、薫。ほぼ初対面なのに迷いなく切り込めるその姿勢がすごいよ。

「プリンスはどうなんですかー？　たおぱんぱまでいかなくても、やっぱりお坊ちゃまは手がかかります？」

「そ、そんなことないよ。黒滝さんは料理も出来るし、お願いしたら後片付けもちゃんとしてくれるし。いつも部屋は綺麗だし。一通り自分のことは自分で出来る感じ」

「えー、すごい！」

「おうちの方針で18からひとり暮らしだから、そのせいじゃないかな」

「家事も出来て仕事も出来て、顔も性格もいいだなんて、プリンス完璧じゃないですか……！　吉村さんっ、絶対離しちゃ駄目ですよ！」

薫のあまりの熱心さに圧倒され、智美はただ頷くだけだ。離したくてもプリンスの方が離してくれやしないだろうとは、さすがに言わない。火に油注ぐだけだからね。

「智美、大丈夫だよ。薫の言うことって鬱陶しいけど、本心だから」

「鬱陶しいってなんですかー！」

「いちいち言うことが暑苦しいじゃないの」

「仲いいね、ふたり共」

智美が笑いながら言うと、薫は朗らかに「はいっ、仲いいです！」と宣言する。だからそういうところが暑苦しいんだって。

「別に良くないわよ。ウチの部署女が少ないから話すだけで」

私と薫が所属している品質管理部は他の部署に比べると何故か圧倒的に女性社員が少ない。品質管理、というと高度な専門知識を要求されそうだけれど、生産した製品へ直接のチェックを行うのは工場ごとにある別の部署の仕事で、私たち本社の人間はそこから送られてきたデータを集計したり、各種検査や分析、それに伴うマニュアルなんかを作成するのが主な仕事になる。一昔前ならいざしらず、既に手順やら検査方法やらが確立されていることもあり、基本的にルーチンワーク。

私たちは研究職ということで制服じゃなくて白衣を着ているけれど、実際に研究らしい研究を行っているのは部署の中でも一部の人間だ。

「えー、先輩、酷い」

「はいはい、薫は可愛い可愛い後輩ですよ」

数ヶ月で彼氏がコロコロ変わったりなんて普通ならどん引きだけど、薫に対して嫌悪をあまり感じないのは、素直で裏表のない性格だからだと思う。天然というか、正直で嘘がつけなくて、それがほっとけないいんだよね。憎めないっていうか、馬鹿な子ほど可愛いって感じ。

いや実際、外見も可愛い。印象的なのは黒目がちで大きな瞳だ。身長が低いこともあり、まるで小動物のようなか弱さを醸し出していて、女の私でも思わずぎゅっと抱きしめたくなっちゃう。それに栗色のセミロングの髪に緩くかけられたパーマが明るい表情にとっても似合っている。こんな子に好かれたら大抵の男はコロリといってしまうだろう。

薫に比べると、私はすごいつり目だ。友達は「きりっとしていていい」なんて言ってくれたりするけれど、目つきが怖いと思われたりすることもあって、私は正直あんまり好きじゃない。

化粧をすれば多少は誤魔化せる。でも品質管理部は派手な化粧はＮＧで、普段は本当に最低限しか出来ないから、鏡を見るたびに密かにため息を吐いてしまう。

「それにしても他人からするとプリンスの評価ってやっぱり高いのねぇ」

「……先輩それ本気で言ってます？」

薫が心底驚いたとばかりに目を見開いた。これこれ、ただでさえ大きな瞳が零れ落ちそうになってるよ。

「まあ、顔はいいんじゃない？　仕事も出来るみたいだし」

智美から完璧じゃない部分を聞いていることもあって、私からすると恋人に激甘で残念な男にしか見えない。

「それだけぇぇ!?」

「まあまあ、薫さん、落ち着いて」

「でも！」

「私が色々愚痴とか言っちゃったから、百合は悪く見えちゃうんだって」

智美が宥《なだ》めるように言ってくれたけれど、薫はまだ納得出来ないようで口を尖らせた。

「プリンスで駄目って、どんだけ要求レベル高いんですかっ」

「いや、顔はいいと思ってるよ」

　そこは最初に認めているのに、なんで怒るんだろう。私が首を傾げていると、智美が苦笑いしながら薫の肩を叩いた。

「……薫さん、それくらいにしておきなよ」

「……そうですね」

　智美と薫は顔を見合わせた後、何も無かったように食事を再開した。

　何だったんだ、一体？

　2人に倣ってチキンピカタを食べていると、薫が何か思いついたように話しかけてきた。

「先輩、今週末って予定あります？」

「今週？　別にないけど」

「じゃあ合コン、行きません？」

「アンタねぇ……別れたばっかりじゃなかったの？」

「失恋を癒すのは次の恋ですよ！　女の恋は上書き消去！　ということで行きましょう！」

「やだ。第一私は失恋してないし」

「えー！　今予定無いって言ったじゃないですかぁ」

「お酒好きじゃないし、男がいる飲み会なんて勘弁」

　元々体質的にあまりお酒には強くない。飲めるのはビール2～3杯がせいぜいだから、飲み会そのものが好きじゃない。

加えて仲のいい友達と飲むのならいざしらず、初対面の男と飲むなんて、楽しくもなんともない。私にとってはむしろ拷問だよ。

「そんなこと言わずに、行きましょうよ～！」

「行かない」

合コンのみならず、男性と接するのが私は苦手だ。いや、男性だけじゃない、知らない人全て苦手だ。だから人と仲良くなるのにはものすごく時間がかかる。

要するに人とのコミュニケーションが極端に下手なのだ。特に、身体が触れたりするのが駄目で、何気なく肩を叩いてきた手を払いのけてしまったことすらあるほど。

潔癖症、と言われたこともある。だけど別に吊革につかまれないとか、手を何度も洗わないと気が済まないわけじゃ、ない。

どう接したらいいのかわからなくて、勝手にパニックに陥って、終《しま》いには逆ギレしてしまうのというのが、一番近い気がする。

だから仲良くなるとかそれ以前の問題なのだ。

最初の大きな壁を乗り越えて少し仲良くなったらなったで、必要以上に毒舌になってしまうのも、私の悪い癖だった。

もしかしたら無意識に相手を試しているのかもしれない、と思う。「こんな私でも受け入れてくれる？」って……。

まるで思春期真っ盛りの中学生みたいに、自意識が剝《む》き出しなのかもしれない、と思う。

「百合は、自分に正直なんだよ」と友達からは言われたことがある。思ったことをすぐに口や態度に出してしまうのは、そのせいなんじゃないのかって。

普通なら年齢を重ねるにつれて自分を守る術や取り繕う方法を見つけて、他人との距離をちゃんと測れるようになるはずなのに、なんでか私はそれが上手くない。

まるで不器用な子供のまま、立ち止まっているみたいだ。もう大学までしっかり卒業した、立派な社会人だというのに。

智美とは新入社員研修で初めて顔を合わせ、それから帰る方向が一緒ということもあって少しずつ仲良くなった。薫はこの通り物おじせずぐいぐい近づいてきてくれるタイプだったから、いつの間にか仲良くなっていた。……だけど、この2人以外に会社で仲良くしている人は、ほとんどいない。ていうか、出来ないというのが、本当のところ。

今までも散々誘われているから、薫だって私が合コンなんて大嫌いだってことをもちろん知っている。だけど薫は何度私がすげなく断っても全っ然、めげない。

「だって、めっちゃ興味湧いてきちゃったんですもん」

「興味？」

「先輩はどんな男ならＯＫ出すのかなーって。だって黒滝さん、眼中にないんでしょ？」

「どんな男でもＯＫなんて出しません」

女性に対してだってどう接していいか悩むのに、男性なんて悩む以前の問題なんだけど。

「それは先輩もったいないですよ！」

「何が？」

「先輩の魅力をもってすれば、男なんてイチコロじゃないですか！」

「なんで？」

「……本当にわかってないんですかぁ？」

薫の瞳が、どうしたことかまた驚愕で見開かれる。だから落っこちそうになってるって。

「うん、そもそも男いらないし」

「でも……！」

見開かれた瞳が、何故か私の胸をガン見したもんだから、慌ててカットソーの襟を引っ張った。

「ごめん。下着でも見えてた？　やだな、みっともない」

胸囲があると、首元が詰まっている服って着ていて窮屈なもんだから、いつもどちらかというと首元が開いたUネックやラウンドネックのカットソーや、ゆとりのあるデザインのブラウスを着ている。

通勤着を考えるのは面倒だけれど、これだけは制服の無い研究職で良かったと思う。

だって智美や他の女性社員たちが着ている制服は、襟元まできっちりとブラウスのボタンを閉めてリボンタイをしなきゃいけないから、首元や胸はずいぶんきつそうなんだよね。

「や、大丈夫ですけど、そうじゃなくて！」

「薫さん、残念ながら百合は本当にわかってないよ」

なおも言い募ろうとする薫の言葉を、智美が遮《さえぎ》る。

「何がわかってないっていうのよ？　そもそもこんなにでかくて、目つきの悪い女をいいと言ってくれる男なんていやしないわよ」

私が反論をしたら、智美は肩を竦めながら薫に「ほらね？」と目配せすると、ふたりそろって私に白けたような視線を向けたあと、大きくため息までついてみせた。

ちょっとあなたたち、何か急に仲良くなってません？

「先輩、彼氏欲しくないんですか？」

「全っ然、これっぽっちも思わない」

「えー！　楽しいですよ、恋愛！」

「どーこーがー？」

「ねっ、吉村さんっ！」

うどんを啜っていた智美は、薫から突然同意を求められて、びっくりしながらも「そうだね」と肯定の相槌を打った。ち、ちょっと待ってよ！

「智美までそんなこと言うの？」

「だってもったいないっていうのは、ちょっとわかるもん」

「まったく……、アンタたち、ちょっと自分の胸に手を当てて考えてご覧なさいよ」

恋愛は楽しいなんて、どの口が言うんだか。

「プリンスと揉めて泣きながら私の家へ駆け込んで来た人、誰だっけー？」

「ちょっ……そりゃ私だけど」

智美が小さくなると薫が瞳をキラキラさせて身を乗り出してくる。

「それマジですか？　先輩ちょっと詳しく聞かせてくださいよ！」

恋のトラブルものろけも薫の大好物だ。けどね、他人の話に喰いつく前に自分の心配しなさいよ？

「ろくでもない男と大喧嘩の末通報されて、交番で説教受けたの誰だっけー？」

「交番で説教って……それ、本当!?」

「ちょっ、先輩！　そのことはもう忘れてくださいよぉ！」

途端に慌てだした薫の表情に、少しだけ溜飲を下げる。

もちろん苦労を補って余りある楽しさがあるからこそ、彼女たちは恋することを止めないんだろう。ただ、私からすりゃ、まっぴらごめん。

辛いことや悲しいことがあるってわかっているのに、懲りないなあと不思議に思ってしまう。

それに誰かのために、自分のペースを崩すのって、理解できない。

例えば友達なら、自分と違う部分があってもその違いを認められるし受け入れられる。自分の意見と合わないところがあっても、目を瞑《つむ》ることができる。

けれど恋人や伴侶となれば、そうもいかないだろう。四六時中一緒にいて、短所も長所もみんな知り合って、それどころかもっと深いところで繋がらなくちゃいけない。だってそれが恋愛とか結婚ってものだろうし。

でも、そこまでして誰かの全てを受け入れたいっていう願望がイマイチ、わからないんだ。

自分で稼いだお金で、自分の好きなように暮らす今の生活に、私は心底満足している。私の器は自分の分だけでもういっぱい。

だから苦労もする可能性のある「恋」という要素を、わざわざ入れなくてもいいんじゃない？　って思っちゃうんだ。気が向かないっていうか。

「いや、でも恋はいいもんですよ。それを知るためにも合コン、行きましょう！」

まったく、本当にめげないなぁ。

「そもそも夜9時に寝たいし、無理」

「今時小学生でももっと夜更かししてますよー！　もう少しまともな言い訳して下さいっ」

ぷくりと薫が頬を膨らませる。こらこら、アンタの方が子供みたいだわよ。

「仕方ないじゃない。毎朝5時に起きてるから、頑張っても10時過ぎには眠くなっちゃうのよ」

「えっ!? なんで5時起きなんですか?」

「満員電車乗りたくないもん」

他人と密着しなくちゃいけない満員電車なんて私にとっては地獄だ。

「それにしたって5時は早すぎません?」

「あらすっごくいいわよ、5時起き。アンタもやってみたら?」

「えぇー!? 絶対無理です!」

5時起きしていることを他人に言うと大抵驚かれる。でもね。

「慣れればとっても快適だよ?」

「いや普通慣れませんって。寝不足で一日中だるくなっちゃいそうです」

「そんなことないって。むしろ身体の調子が抜群によくなるよ」

まず胃もたれだとかお腹を壊したりなんて胃腸のトラブルが激減して、さらに吹き出物とかもほとんど無くなった。

「お肌の調子もよくなるし。ここ数年化粧のりが悪いってこと無いもん」

「ホントですかぁ!?」

お肌については多分ゴールデンタイムと呼ばれる22時から2時までの間、睡眠をばっちりとっていることが原因じゃないかなと分析している。やっぱり睡眠って大事だ。

「ホントホント、胃もたれとかそういうのも無くなったし」

胃に関しては夜あまりヘビーなものを食べなくなったのが効いたのだと思う。これは本当にたまたまで、起床時間に合わせて自然に早くなった就寝時間のせい。寝る前に食べると太ると思って、軽くつまむ程度しか食べなくなったら、翌朝のすっきり度が全然違うのだ！

満腹のままで寝るって、気持ちはいいけど、かなり身体には負担だったのかもしれない。

「それに痩せたんだよ。健康になってなおかつ痩せられるなんて最高じゃない！」

夕食が軽くなった分、朝ご飯はがっつり好きなものを食べるようになったんだけど、それでまたいいことがあった。

何の運動も食事の制限もしていないのに痩せたのだ！　いわゆる夕食と朝食を入れ替えるダイエットをしている状態だったわけ。一石二鳥どころか三鳥って感じ。

ところが私が得々と早起きの利点を語っても、薫はまだ腑《ふ》に落ちない顔だった。

「ていうか5時に起きて、ラッシュ時間避けて通勤してもまだ時間あるじゃないですか。何してるんですか？」

「朝ご飯食べながら録画したドラマとか見てるよ。要するに夜していたことを朝に回してるだけ」

夜は帰ってすぐお風呂に入り、軽く食事をしたら、そのまま寝てしまう。そして朝は前日の夜に録画したドラマやバラエティ番組を見ながら朝食を食べる。余裕がある時は趣味に勤しんだりもする。

「ゆったり身支度できるし、慌てることがないから忘れ物とかすることは無くなったし、早朝の電車は空いてて余裕で座れる。ホント、いいことずくめだよ！　早起き最高！」

言いきった私に、薫は呆れたように言った。

「……百合先輩ってホント変わってますよね」

「……変人で悪うござんした」

ただ早寝早起きしてるだけなのに、これもよく言われることだ。はいはい、わかってますよ。でも近頃じゃ朝活なんて言葉もあるくらいだ。時間の使い方としてはとっても有効なのに。

拗ねた気持ちを隠すようにチキンピカタを口に運んでいると、薫はにぱっと歯を見せて笑いながら、言った。

「でも面白いし、優しいから、好きです！」

敵わないなぁ、と思うのはこんなところだ。薫に恋人が途切れないのは、素直で好意を隠さないからかもしれない。どうやっても素直になれない私には無いものを、持ち合わせている。

「……ありがと」

子供みたいな笑顔で面と向かって「好き」なんて言われたら、悪態だって尻すぼみになってしまうじゃないか。ちらりと智美を見やれば、面白そうに笑っている。

……何考えてるか大体想像つくぞ。

「だから合コン行きましょう！」

せっかく見直したのに、これだもんなぁ。

「行かないっ」

そんなあくまで合コンにこだわる薫に、耐えきれなかったのか智美が噴き出した。

「すごいね、薫さん」

「それほどでも」

薫が照れたように後ろ頭に手を当てる。いや、褒《ほ》めてないし。

「薫、口の端汚れてるわよ」

「えっ、どこですか」

慌てた薫が指で拭おうとする。ああ、そんな拭き方したら指も汚れちゃうでしょうが。

「ああもう、これで拭きな」

ところがいつも持ち歩いているポケットティッシュを渡すと、受け取った薫はすぐ使うのではなく、感心したようにしげしげとそれを見つめた。

「このティッシュケースめっちゃ可愛い！　先輩、どこで買ったんですか？」

ピンクに白のドット柄の生地に、大きなリボンのついたデザイン。ワンポイントで黒猫の刺繍《ししゅう》も施してある。

「欲しいならあげよっか？」

「いいんですか?!」

「いいよ、そんなのすぐ作れるし」

嬉しそうな薫の表情が、私の言葉で驚きに変わる。

「……って先輩、もしかしてこれ、手作り？」

「そう」

もしかしなくても私の手作りだ。

「……刺繍とか入ってるんですけど」

「別に難しくないわよ」

ティッシュケースくらいなら、半日もあれば作れてしまう。

「えぇぇぇぇ！」

「何よ、そんなにびっくりしなくてもいいじゃない。どうせ顔に似合わないとか言うんでしょ」

「それは、まあ、はい」

これまた素直に認めた薫に、智美が再び噴き出した。

平均よりも大分高い身長とつり目、さらに白衣のせいで、私はどうにも怖いというか、迫力があるように見えるらしい。レザージャケットとかライダーススーツとか似合うよね、と友達には言われる。ショップで店員さんから勧められたりするのもシンプルなものやクールなデザインのものが多い。

だけど実は正反対の、可愛いものが大好き！　本当は花柄でフリルとレースたっぷりのブラウスや、コサージュつきのギンガムチェックのワンピースを着たい。ちょっと系統違うけど、姫系なんかのお店も見ると入りたくてうずうずしちゃう！

でも……致命的に似合わないから、止めている。

ある程度外見は取り繕えるものだけれど、大きいものを小さくすることは無理だし、生まれつきの造作は整形でもしない限りは変えられない。……もし私が智美や薫みたいな外見だったら、絶対に着るのになぁ。

好きな格好をするのが難しい分、可愛いものへの情熱はハンドメイド作品や身の回りの物、そしてインテリアの方へ向けられている自覚はある。薫にあげたティッシュケースなんて、これでもラブリーさを控えめに作ったものだ。もっとレースつけてもいい。

別に似合わないとか柄じゃないとか言われても気にしない。だって趣味だもん、理由なんて無くても好きなものは好き！

怖そうに見えてもでかくても、女だもん。

「すごいですよねぇ。やっぱりお母さんも上手なんですか？」

「はぁ!?」

突然母の話をふられて、思わず尖った声を発してしまった。

なんでここでそんな話になるわけ？

だけど私の反応に、薫は驚いたようにびくりと肩を震わせたあと、おずおずと続けた。

「いや、その、小さい頃からやってたのかなって思って。だってこれ売り物みたいなんですもん」

「ああ……まあ、そうね」

手芸が趣味なら母親に習ったんじゃないかって考えるのは、別におかしなことじゃない。私が過剰に反応しすぎなんだよ。普通なら、なんてことない会話だもの。

「あ、そうだ。薫、来週の土曜日、暇？」

気を取り直して、誤魔化すように咳払いしながら問いかけた。

「なんでしょう？」

「デザートブッフェのチケットあるんだけど、一緒にどう？」

「ううーん、せっかくの先輩のお誘いですから行きたいですけど、土曜日は予定あるんです」

「あら残念」

うーん、他に行ける子いるかなぁ、せっかくのチケット無駄にしたくない、なんて思っていたら薫が何かを思いついたように手を叩いた。

「そーだ、先輩も行きましょうよ！」

「何に？」

「来週の土曜日、山コンなんです！」

「山コン？」

コンクリート会社の名前か？　つーか先に私が誘ってんのになんで誘い返してくるかな。

「山登り合コン、略して山コンですよ！　トレッキングもしつつ、恋もしちゃうわけです！　恋も健康もゲットできます。早起きよりもこっちの方がいいですよ！」

力強くふり上げられた拳に、ため息が出た。

「……ひとりでケーキしこたま食べてくるわ」

薫に次の彼氏が出来るまでの我慢だ。この子、一応特定の相手がいる時は合コンとか行かないから。きっとその山コンとやらか、今週末の合コンで次の彼氏、見つけてくるだろうし。

「やっぱり並んでるなぁ」

デザートブッフェは予約時間から60分という時間制限があるけど、それは入店してからの時間ではなくオーダーの制限時間で、大抵の客は時間をオーバーする。だから時間に合わせて来てもある程度は並んで待つことにはなってしまう。案の定店の前には既に15人程の列が出来ていた。

並んでいるのは当たり前だけれどカップルか女性のグループ客で、ひとりで並んでいる風な人はいない。デザートといえど食べ放題にひとりで来る人はそういないよね。

智美と薫に断られた後、他の友達を誘ってみたけれど、結局誰も捕まらなかった。それというのも、智美だけじゃなく、ここ数ヶ月で仲のいい友達に次々と恋人が出来てしまったのだ。まるで皆で示し合わせた様に。

おかげでこうして週末に遊んでくれる相手がいなくなってしまった。

まあ、だからって困ってるわけじゃない。

不便だとか嫌だとか思ったこともない。

珍しいと言われるけれど、ひとり焼き肉も牛丼も大好きだ。気兼ねなく好きなものを好きなだけ食べられるし、手軽だし。

ひとりは気楽で思いついた時にひょいって行けるのがいいんだけど、あんまりみんなわかってくれないんだよね。ひとりでいる楽しさは友達といる時の楽しさとは別物なのに。

「チケット、無駄になっちゃったなぁ」

ケーキ・ドリンク食べ飲み放題で、２０００円。ぽいっと捨ててしまうには、ちょっと惜しい金額だ。

もしかしたら今後はギリギリじゃないと予定を組めないようなことは、誰かを誘わないで最初からひとりで行くようにした方がいいのかもしれない、と思う。

智美はまだそういう話にはなっていないって言っていたけれど、このまま上手くいけば次の段階、つまり結婚へとステップアップしていくだろう。それはもちろん智美だけの話じゃない。

大学からの友達は同じ26歳、20代も後半に入って、そろそろ遊びじゃなく将来のことを見据えたお付き合いを考える年頃だ。

結婚すれば家族を優先するのが当たり前で、今よりももっと会えなくなってしまうだろう。それはちょっと寂しいけれど、どうしようもないことだ。

もしかしたら、みんなが恋愛に夢中になるのは寂しさと関係があるのかもしれない。本能的な、番《つが》いを探す欲求というか。

なら私が変な人扱いされるのはある意味仕方ないのかも。

でも私にとってひとりで居ることよりも、自由が無いことのほうがよっぽど辛い。誰かに好きなことを制限されることとなんて、比べものにならない。

――――また無駄なものを。

不意に耳に母の冷たい声が蘇った。

ああ、せっかく美味しいものを食べに来たのに、あんな人のこと思い出したら不味くなっちゃうよ！

「何食べる？　やっぱりアップルパイは外せないよね」

「アイスついているやつ？」

「そう、それ！」

はしゃぐ会話が耳に入って、前に並んでいるカップルに目を向けた。仲睦まじい様子を微笑ましく眺める。大学生くらいだろうか、付き合ってまだ間が無いのか、初々しい感じが見え隠れしている。それがなんだか可愛い。

カップルも話していた名物の焼き立てアップルパイに、フルーツタルトにチョコレートムース、イチゴのミルフィーユ。とびっきりのスイーツたちを想像すると知らずによだれが湧いてくる。この店のケーキは本当に絶品なのだ。

ああ、ひとりで食べてもふたりで食べても、美味しいケーキってやっぱり素敵！

早く食べたぁい！

「すみません」

そんな私の幸せな空想を遮ったのは、背後からかけられた見知らぬ男の声。

「はい？」

何気なく返事しながら振り向くと、そこにいたのはスーツ姿の男性だった。

私が見上げる程の身長に、凜々しい太い眉にすっきりとした、それでいて少しだけ垂れた奥二重《おくふたえ》の目。薄い唇に大きな口。そして発達した顎と太い首から、何かスポーツをやっているように見える。身体つきもがっしりとしているのが、着ているものの上からでもわかった。だけど、見覚えのある人じゃない。一体何の用？

私が男に向き直ると、いきなり男は大きく頭を下げて言った。

「不躾で申し訳ないんですが、僕と一緒にケーキ食べませんか⁉」

「はぁ？」

こんなところでナンパ⁉　しかもいきなり頭を下げてお願いって、どんだけ必死なの⁉

「他所《よそ》当たってくれる？」

当然返す声は冷たくなる。こちらが早々に拒絶を全面に押し出しているというのに、男はちっとも諦めるそぶりを見せない。それどころか一度上げた頭を再び下げてくる。

「そんなことを言わずになんとか！　あなたしかいないんです！」

「馬鹿じゃないの？　とっととどっか行ってよ」

「1時間程待っていましたが、女性ひとりでいらっしゃったのはあなただけでした」

再び男は顔を上げて、まっすぐに私を見て言った。

「それがなんなのよ」

ひょっとして、私がおひとりさまで来店したことをおちょくってるの？　寂しい女とでも思ってんの⁉　ふざけんじゃないよ！　楽しくやってるっちゅーの！

「……こちらのお店は男性だけでは入店は出来ないそうで」

「えっ？」

言われて手に持っていたチケットを確認してみると、「男性のみでの入店はお断りさせて頂きます」と注意書きがある。デザートブッフェだから男性客が少なくて当然だと思っていたけれど、そうじゃなかったんだ。

「ただ、どうしてもこちらのケーキが食べたくて……おひとりだったあなたに声をかけさせて頂いたんです」

「あ、ああ、そういうこと……」

ガラス越しに見える店内にも並んでいる列にも、ひとり客らしき人は見つからない。ナンパというよりは、この店のケーキ目当てってこと？　まあ、ここのケーキはお世辞抜きで美味しいし、私も楽しみにしていたから気持ちはわからなくもない。

「納得して頂けましたか？　どうか、お願いします！」

また勢いよく頭を下げられた。おまけに男の声が大きくて、列に並んでいる人が何事かと言う風に視線を向けてくる。やだ、目立つのは勘弁してよ！

「ちょ、ちょっと頭を上げてよ」

「お願いします！」

「わかったから、止めて！」

口から出た言葉は、とりあえずなんとかこの場を収めたかっただけだった。

だけど男は了承だと受け取ったのだろう。上げた顔には満面の笑み。

その笑みにはなんというか、嬉しいというだけでは無くて、してやったりみたいな雰囲気が漂っている。……なんだか、変だぞ。

「ありがとうございます」

礼を言う声のトーンも先ほどとはうって変わって、落ち着いている。

こ、こいつ、確信犯だ！　私が譲歩するようにわざと目立ってみせたんだ！

有無を言わせぬやり方にイラっとしたけれど、すぐに切り返し方法は思いついた。

「いいけど、チケットは持ってるの？」

この人、店のシステムを知らない可能性がある。1時間待っていたという言葉が正しければ、チケットは予約した時間にのみ有効だから、たとえ持っていても無効になっているはずだ。

手に持っていたチケットを振って見せると、男は驚いたように目を見開いた。

「チケット？」

「そう。今日はこのチケットが無きゃ店に入れないけど」

「えっ！　そ、そうなんですか⁉」

　案の定男は持っていないらしい。

「店員さんに訊かなかったの？」

　店の入り口にはチケットを確認している店員さんがいる。そちらに尋ねればすぐにわかることだ。

「いや、男性のみの入店はお断りしていると最初に言われてしまったもので……」

　男の表情が驚愕からみるみる落胆へと変化していく。肩と眉はがくんと下がって、項垂《うなだ》れるというのは正にこのこと、という感じ。

「そうですか……。じゃあ、最初から無理だったんですね……。すみません……」

　その様子は、蓄音器から流れてくる死んでしまったご主人様の声を、首を傾げるようにしながら不思議そうな顔をして聞く、あの有名なたれ耳の犬を連想させた。

　なんでだろう、どう見ても相手は立派な成人男性だというのに。

　よく見ると男の風貌はどことなく抜けていた。いかにも男らしい風貌をいい意味で崩している耳が隠れるくらいの長さの髪は天パなのか、意図したものなのかわからないが、毛先がぴょんぴょんとあちこちを向いて遊んでいて、愛嬌《あいきょう》を感じさせる。着ているスーツも上質のものだと一目でわかる品物だったけれど、なんとなくくたびれていて、それが全体の雰囲気を余計ちぐはぐなものにしてしまっていた。

人を犬に喩《たと》えるなんて、と思っても一度そういう風に変換してしまうと、もう駄目だった。大きな図体をしているというのに、しょんぼりした風体が堪らなくおかしい。

本当にこの人、ケーキ食べたかったんだなぁ。

忍び笑いを漏らした私に、男は困ったような、申し訳ないような顔で「ご迷惑をおかけしました」とまた頭を下げてきた。その姿がまたおかしい。

その時なぜか、ちょっとだけ親切にしてあげてもいいかな、と思ってしまった。

「いいわよ。私チケット2枚持ってるから、譲ってあげる」

「ほ、本当ですか!?」

言うなり男はゴムボールが弾んだように顔を上げる。だけどその勢いもつかの間、すぐにまた困惑した顔になった。本当に表情がくるくる変わる人だ。

「でも、2枚あるってことは、お連れの方がいらっしゃるんじゃないですか?」

「友達と来るつもりだったんだけど、駄目になって余ってた分だから、いいわよ」

「ありがとうございます！」

その時、男がチケットを持っていた私の手に触れようとした。

好意的に考えれば、感激のあまり握手でもしようとしたのかもしれない。だけど私は反射的に男から逃れるようにその手を思い切り引いてしまった。まるで沸騰《ふっとう》しているやかんにうっかり触れてしまった時のように、ものすごい速さで。

「あっ……」

まずい！　またやらかしてしまった。

普通に考えて見知らぬ人に突然手を握られそうになったなら、誰だってちょっとは避けるだろう。だけど、今の動きはあまりにもあからさま過ぎた。

……大丈夫かな。気を悪くしなかったかな。

心配が頭を過《よぎ》ったけれど、あんなにコロコロ変わっていた男の表情は、変わらなかった。何事もなかったように宙に浮いた手で私の肩越しに店の方を指差すと、微笑みながら言った。

「ちょうど列が動き始めましたよ」

「えっ、ああ、そうね」

言われて振り返ると、列の先頭の人が店に入っていくところだった。

「さあ、僕らも行きましょう」

「……ええ」

男は今の態度について何とも思わなかったんだろうか。いや、そんなはずない。人は拒絶に敏感だもの。だけど男が気にしていない風だからこそ、私から謝るのも変だし。

もやもやした気持ちのまま、店内に案内され、席に着く。すると男はメニューには手を伸ばさず、何かを探すように店内をきょろきょろと見渡し始めた。何だよ、落ち着かないなぁ。

「あの、ケーキはどこにあるんですか？」

「どこって……ショーウィンドウに入ってたじゃない」

「あれ？　バイキングですよね」

どうやらセルフサービスだと思っていたらしい。

「違う違う、オーダー制」

ちょうどよく店員さんがオーダーをとりにやってきたので、何も知らない男に説明して貰うことにした。

「最初はメニューの中から3つケーキをお選び頂き、その後は2つずつご注文頂く形となります。お皿をその都度交換させて頂きますので、食べきってからご注文下さい。なお、ご注文の回数に制限がある品もございますので、メニューにてご確認をお願い致します」

「なるほど、ドリンクは？」

「お飲み物もグラスをご注文ごとに交換させて頂きます」

「わかりました、ありがとう」

説明を受けつつメニューを凝視し始めた男を見て、店員さんが「ご注文はもう少し後でお伺いしましょうか？」と気遣ってくれた。

「いえ、私は決まっているんで、先に。アップルパイと苺のショートケーキ、あとベイクドチーズケーキ。飲み物はアイスレモンティーでお願いします」

「……じゃあ俺もケーキは同じものを。飲み物はコーヒー、ホットで」

店員さんが去った後、男が感心したように言った。

「ここのバイキングにはよく来られるんですか？」

「今日で3度目なんで、よくって訳じゃないですが、何か？」

「いえ、注文が随分手慣れてらっしゃるから」

「時間制限あるんだから、悩んでいる時間がもったいないでしょう」

オーダーの制限時間は60分。食べきってからじゃなければ次の注文は出来ないから、結構すぐに時間は来てしまう。

「……そうですね」

私の突き放すような言い方に、男が僅《わず》かに戸惑っているのが、わかった。

しまった！　またやらかしちゃった……！

どうしてこんな態度をとってしまうんだろう。見ず知らずの人に愛想よく振る舞うくらい、社会人なら出来て当たり前のことなのに。たかが60分、向かいあってケーキを食べるくらいのこと、大したことじゃないのに。

気まずい雰囲気の中、注文したケーキとドリンクはすぐにやって来た。が、ケーキが乗った皿を見るなり男が不思議そうに首を傾げる。その仕草がまたあのたれ耳の犬を思い出させて、つい、言ってしまった。

「……アップルパイなら後で来ますよ」

すると男は驚いてまた目を大きく見開いた。

「どうしてわかったんですか？」

そりゃ3つ注文したのに2つしか来てなければ不思議に思うだろう。

「この店のアップルパイはオーダー受けてから焼くから、早くても20分くらいかかるの。だから最初に注文するんです」

「なるほど、参考になります」

疑問が解消したらすっきりしたらしく、男は笑顔でケーキを食べ始めた。が、あっという間に2つ平らげてしまう。というか、1つを3口くらいで食べてしまった。あまりの速さに、呆気にとられる。私はと言うと、まだショートケーキを半分も食べてない。

やはり女性と男性じゃ根本的に食べる量やスピードが違うのだろう。……なんとなく、このデザートブッフェが男性のみでの入店はお断りな理由がわかった気がするぞ。

男は手早く次の注文を済ませると、嬉しそうに言った。

「いやぁ、やっぱりここのケーキは美味いですね！」

「来たことあるんですか？」

この店の看板メニューであるアップルパイのことは知らなかったから、てっきり初めてなのかと思っていた。

訝《いぶか》しげに問いかけた私に、男は微笑みながら答える。

「いつもはテイクアウトで利用しているんですよ。イートインスペースに入るのは初めてです」

あ、そっか。テイクアウトでもアップルパイは売っているけれど、常に焼き立てってわけではない。

さすがにブッフェ以外の日はイートインスペースも男性のみでの入店お断りじゃないだろうけれど、基本的に女性を意識した作りの店だ。男性は入りづらいだろう。それもひとりじゃなぁ。

女性が男性の領域に入ることは許されていても、その逆は結構厳しいものだ。

「今日はどうしてもこの店のケーキが食べたくて来てしまいました。……だからすごく助かりました。ありがとうございます」

また大きく頭を下げられて、なんだか申し訳ない気持ちになってしまう。余ってたチケットだし。

「別に、感謝されるような事じゃありません」

「そうだ、チケットの代金忘れてました！　おいくらですか？」

「2000円だけど、いいです。どうせ捨てるはずだったし」

「そういうわけには行きませんよ」

男はスーツの内ポケットから財布を取り出し、流れるような動作でお札をテーブルの上に滑らせる。

その仕草で、ピンときた。この人、私がこの人に触られたくないってことを、わかってるって。さっき列に並んでいた時に知らんふりをしたのは、わざとだって。

もしかしたら当初感じたタレ耳の犬のような印象さえ、もしかしたら演じているのかもしれない。最初の強引さと相手から譲歩を引き出すやり方は、手慣れていた。

この人、初対面の相手との距離感をすぐに摑める、賢い人だ。

「じゃあ、頂きます」

お陰で、私の良くない癖から生まれた気まずい雰囲気は緩和《かんわ》されたけれど、別の警戒心がむくむくと湧き出してくる。

この人、要注意人物かもしれない。見知らぬ相手でよかった。あんまり関わりたくない類の人間だ。

自分から壁を作ってしまうくせに、どちらかというと私はわかりやすいらしい。思っていることがそのまま顔に出ているという。百合は自分が思っているよりも素直だよ、と智美にも言われたことがある。きっと今私の顔には不信感アリと書かれたステッカーがでかでかと貼り付けてあるだろう。

表面だけでもにこやかにするなんて芸当、私には出来ない。

「このタルト、美味しい～」

なんて思っていたのに、ケーキを食べていたら、そんなことは次第にどうでもよくなってきてしまった。しかもとびきり美味しそうに食べる相手を前にして。

「下のクリームが濃厚なのに、ちっともしつこくない。フルーツの酸味とよく合っていますね」

「そうそうっ」

男の味の感想が的確で、思わず全力で同意してしまう。

「またこの焼き立てのアップルパイが、堪らない！　サクサクと香ばしくて、とろけたアイスと一緒に食べたらもう……」

「病みつき、でしょ！」

「はい！」

ひとりで食べても美味しいけれど、誰かと食べていて楽しいのは、こうやって味の感想を言い合えるからだ。最初は黙って食べていたのに、美味しいものの前で、人は沈黙を続けられない。

「次もアップルパイを頼もうかな」

相変わらずケーキをすごいスピードで平らげた後、男がコーヒーを飲み干すと幸せそうに呟いた。

「駄目です」

「えっ？」

「さっき店員さんが言ってたでしょ？　注文回数に制限があるものもあるって。アップルパイはひとり1回です。メニューにも書いてありますよ」

この店の名物だから、いくつも食べたくなる気持ちはわかるけど、注文の入り具合によっては、提供されるまで30分以上かかってしまう時もある。時間制限のある中で何度も頼むことは難しい。加えて通常時なら単品で1000円以上する高価なメニューだ。店側からすると何度も注文されたくないだろう。だから制限があるのだ。

「そうなんですか……」

メニューを確認して、男ががっくりと項垂れる。喜怒哀楽《きどあいらく》が素直というか、表情が豊かで見ていて面白い。だから余計犬っぽく見えちゃう。

「男の人で甘いもの好きって珍しいですね」

なんとなく男性は辛党ってイメージがあるけれど、男の食べっぷりを見ていると、とてもそうとは思えない。

「そうですか？　結構いますよ」

「最近流行りのスイーツ男子ってやつ？」

するとと流行りというよりは、と否定するように男は言った。

「以前から甘いもの好きな男はいたと思うけど、みんな隠していただけ」

「どうして？」

「格好つけたいから。男はみんな見栄っ張りですよ」

「別に甘いもの食べてるくらいで幻滅したりしないのに」

他人の嗜好品にケチをつける人の方が恥ずかしいだろう。でも煙草なんかは副流煙《ふくりゅうえん》とかあるから、一概には言えないか。

「偏見でもなんでも、やっぱりいい歳した男が公衆の面前でケーキ食べるなんて、恥ずかしいって気持ちがあるんですよ。僕も普段ならこういう店にはなかなか入れない。下らないとわかっていますけどね」

なんとなくわかる気がした。ひとりで牛丼や焼き肉を食べている時、誰かの視線を感じることは珍しくない。私はもう慣れているから無視しちゃうけれど、みんながそうって訳ではないだろう。

おひとりさま、なんて言葉が出来ていても、それが本当に許容されている場所は意外と限定されているのだ。

「じゃあなんで今日は食べに来たんですか？」

この店のイートインスペースは道路から丸見えだ。普通にケーキを食べるだけで恥ずかしいというならば、男性ひとりでの利用はかなりハードル高くない？

「ああ、もう仕事で疲れきってしまって、今すぐ脳みそと心に栄養与えねば！　と思ったんですよ。そしたら今日はテイクアウトしていなくてね」

なるほど、それで止む無く私に声をかけたってわけか。もしかしてスーツがくたびれているのは、その仕事のせいなのかな。

「頭使う仕事なんですね」

「どうして？」

「だって脳のエネルギー源って糖分でしょう？　よっぽど頭使ったんだろうなぁと思って」

するると男が面白そうに笑った。

「そうですね、将棋の棋士は座っているだけで3kg痩せる人もいると言いますし。脳は大喰らいだ」

「座っているだけ!?　そんなことあるんですか？」

「長時間の対局なんかではあり得る話らしいですよ。ほら、太っている人あまりいないでしょう？」

棋士と言うとすごく有名な人しか覚えが無いけれど、太ってはいないように思う。むしろ痩せているイメージだ。確かにあの人たちは頭ものすごく使ってるよね。

「というわけでたくさん食べることにします。次はチョコレートムースとモンブランかな」

垂れている目尻をもっと下げて、男が楽しそうに店員さんを呼び止める。

その姿がまるでご機嫌でしっぽを振っている犬を連想させて、私は笑いを堪えなくちゃいけなかった。


「今日は本当にありがとうございました！」

「いえ、こちらこそ助かりました。チケット無駄にならなかったし」

別れ際まで男は私にとって心地の良い距離感を笑顔のまま保ってくれた。旅は道連れ、じゃないけれど、ケーキを一緒に楽しむ相手としてはかなりいい相手だった。初対面の男性とこんなに和やかに話せたのは、初めてかもしれない。

男の態度に感心すると同時に、ふと変なことを思いついた。

もしこれが薫だったらどうしただろう、と。

あの子だったら声をかけられた時点でとっととOKして、食べている間に仲良くなって、店を出た後強引にデートに持ち込んじゃうだろうな。目の前にいるこの男は、客観的に見ればかなり外見はいい部類に入るだろうし、頭も良さそうだ。

この場にいたら何と言うだろう。「先輩、恋のチャンスですよ！　ここから始まるんです、ファイト！」なんて言いそうだ。

握りこぶしを振り回しながら言う姿が思い浮かんで、なんだか笑えて来た。まったく、そんなんだから変な男にひっかかるんだよ。

「どうかしましたか?」

突然笑いを零した私に、男が首を傾げながら問いかけてきた。

「いえ、何でもありません。それじゃあ」

やだ、いきなり笑ったりしたら、おかしな人になっちゃう。私は慌てて男に別れを告げた。

その後私の頭はきゃあきゃあと騒ぐ薫の姿の想像でいっぱいになってしまっていたから、男が別れ際どんな表情をしていたのかなんて、覚えてすらいなかった。

第二章　再会は突然に

「百合先輩ぃぃー」

始業時間直前、出勤してくるや否やわざとらしくよろけながら薫が近づいてくる。

「……朝っぱらから悲愴な声出してんじゃないわよ。何よ、合コン上手くいかなかったの？」

いつもなら名字で呼ぶくせに、甘えたい時は名前に変わるものだから、もう何を言いたいのか大体わかってしまう。

「いやもうホント最悪で！　ちょっと聞いて下さいよー」

「はいはい、後でね」

「先輩冷たいぃー」

「まずはお仕事しなさい、もう時間でしょうが」

「愛が感じられない……」

「愛なんぞ私じゃなくて次の彼氏から貰いなさい。それより先週頼んだ細菌検査のまとめは？」

期限は今日中と伝えていたから、恐らくまだ出来ていないだろうと思って尋ねたのに、薫は「出来てまーす」と朗らかに言った。

「じゃメールで頂戴。仕事、早くなったね」

「えへへ、先輩に褒められたー！」

「残業しなきゃ今日の帰りに付き合ってあげるわよ。もちろん、お酒は抜きでね」

「はぁーい、頑張ります！」

踊るような足取りで自分の席へと向かう薫の背中を見送って、自分もパソコンに向き直った。席に着いた薫から送られてきた内容をチェックする。

残業しなきゃ、と言ったけれど、元々私たちが所属している品質管理部は頻繁《ひんぱん》に残業がある部署じゃない。

とはいえ直接人の口に入るものの品質を守るという点で考えれば、会社の中ではかなり責任が重い部署である。すなわち私たちが残業するってことは、何か製品に問題が起こったってことだから、残業なんてしない方がいいのだ。

社外の人からすれば一見スゴそうな部署に見えるかもしれないけれど、社内、特に生産部門からは嫌われる部署でもある。先輩社員の中には「責任の割には報われない仕事」なんてぼやく人もいたりするくらいだ。

パソコンの画面に集中し始めた時、電話が鳴った。コール3回以内に取ることを新入社員時代に叩きこまれているから、若い人ほど反射的に手が出る。最近だと私か薫が取る場合が多いんだけど、今回は私の方が速かった。

「品質管理部です」

「お早うございます。総務ですが、小林さんお願いします」

「はい、私ですが」

「実は先月の出張旅費についてなんですが、一部未精算があるんです」

「えっ？　今月の給与でちゃんと頂きましたけど」

先月食品衛生の講習会に出席した際の手当と、移動の交通費は既に今月のお給料で貰っている。明細でちゃんと確認した。

「それが、先月から出張旅費の規定が変わったんですが、こちらのミスで以前の方法で計算したものをお支払いしてしまいまして……」

金額を聞けば僅か数百円。けれど、会社の経費じゃ有耶無耶にするわけにもいかない。

「出来れば今月中に精算させて頂きたいので、総務までお越し頂けますでしょうか？」

総務の人の心底申し訳なさそうな言い方に、多分このミスは私ひとりじゃないんだろうと簡単に想像がついた。私の場合は数百円だったけど、出張が多い部署なら万単位の人もいるんじゃなかろうか。今月中、とは言っているけれど今月はあと何日も無い。

「わかりました。えーと、これから行って大丈夫ですか？」

こういうことはさっさと済ませてしまった方がいい。

「もちろんです、助かります！　ありがとうございます！」

なんだかやたらと感謝されて気持ち悪い。でもその態度が想像を裏付けているようで苦笑してしまった。

総務があるのは2階上のフロアだ。一瞬考えたけど階段ではなくエレベーターにした。昼休みや終業直後は混雑を避けるために階段を利用することが多いけれど、今はそんなに混んでないだろう。

目論見は当たって、上がってきたエレベーターには誰も乗っていなかった。ラッキー。ボタンを押していたら、指先のささくれが目に入った。やだ、後でオイル塗っとかなきゃ。

到着を知らせる音が鳴って階数を示すモニターを見ると、まだ総務のフロアではなかった。男性が乗り込んできたのを目の端で確認して、手元に視線を戻す。ささくれって、枝毛と同じで一度気付いてしまうと気になって仕方ない。

男性は階数のボタンを押そうとしなかったから、目的地は同じらしかった。

「どうぞ」

再び到着を知らせる音が鳴って、扉が開いた。たまたま私が操作パネルに近い位置に居たから、マナーとして開扉ボタンを押して男性へ先に下りるように促した。

「小林、百合サンっていうんだ?」

「はぁ?」

私が降りるなり、待ち構えていた男性にいきなり名前を呼ばれて、思わず怒ったような声が出てしまった。

もしかして社内でナンパ!? 仕事しろよ!

「俺のこと覚えてない?」

「覚えてるも何も、今初めて……」

ところが首を傾げるようにして尋ねてきた男性の様子が、不意に脳裏に蘇ったある記憶と合致する。

凜々しい太い眉にすっきりとした、それでいて少しだけ垂れた奥二重の目。

「あっ! あの時の犬っ!?」

いや犬じゃなくて! 土曜日にケーキを一緒に食べた有名なたれ耳の犬に似た男、って言いたかったのに、出てきたのは何故か「犬」なんて言葉で。いやいくら有名なキャラクターとはいえ、犬に似てるっていうのも大概失礼だけども。

「……犬⁉」

男性は私の言葉に一瞬ぽかん、とした後盛大に噴き出した。慌てて私から顔を背けて口元を手のひらで覆ったけれど、震える肩はどう隠しても笑っているようにしか見えない。

「なんで笑うのよっ」

「いや、ごめんっ。でも、犬って……‼」

終いには堪え切れなくなったのかお腹を抱えて笑い始めた。……こっちは都合悪くてちっとも笑えないわよ！

男が大笑いしている原因を作ったのは私の不用意な一言だという自覚はあったので、なんとなくほったらかしにできなくて男の笑いの発作が治まるのを待ってしまった。

ところがなかなか治まる気配を見せやがらない。

次第に通りかかった人たちから訝しげな視線を向けられて、いてもたってもいられなくなってきた。

このフロアにある部署は人事と総務だから、営業部のあるフロアと比べると人の出入りが少ないうえに、女性社員は皆お揃いの制服姿。スーツ姿の男はともかく、そこにいる白衣の社員なんて、目立つことこの上ないのだ。

「もう、いい加減にしなさいよ！　変なこと言って悪かったけど、そんなに笑うことないじゃない！」

大の男を犬呼ばわりなんて私の方が失礼だってわかっていたけれど、いつまでも笑っている男もどうかって感じだ。

「ごめん、ごめん。いや予想外すぎること言われちゃったもんだから」

目尻に浮かんだ涙を拭いながら男がこちらに向き直る。すっと背を伸ばすとその高さに、少しだけ怯んでしまった。

何しろ170㎝、さらにヒールの高さ5㎝がプラスされている私の身長で、見上げる程背が高い男性というのはあまりいない。そうだ、このくらい背が高かったっけ。

「ていうか、なんで私の名前知ってんのよ!?」

同じ会社なら知っている可能性があるかもしれないけれど、私はプリンス黒滝と付き合っている智美と違って、そこまで社内知名度は無いはずだ。

するとと男は私の胸のあたりを指差した。

「社員証に書いてあるけど」

「あっ!」

社員証なんて会社にいたら常にぶら下げているから、すっかり忘れてた!

慌てて今更社員証を隠すように白衣のポケットに入れた私を見て、男はまた笑いを堪えるように拳を口元に当てる。

「ていうか、あなた誰よ!　どこの部署よ!?」

人の名前を呼ぶ前に、まず名乗れっての！

「俺？　ああ、この会社の人間じゃないよ」

言うなり、私の社員証と同じように首から下げた入館証を掲げて見せた。ということは社外の人か。

「何よ、営業ならこのフロアに用無いでしょう」

一瞬私を追いかけてきたのか、と思ったけれど、乗った階が違った。営業部のあるフロアは他社の営業の顔を見ることは珍しくないけれど、ここで見るのは不自然だし。

「違う違う、これ」

言うなり男は自分のスーツの左襟を指し示して見せる。つけられているのは大きめの丸いバッジ。

でも、全く目にしたことのないデザインだ。これと言われてもよっぽど有名な会社じゃなきゃわかるはずもない。

「わかんない？　この間もつけてたんだけどなぁ」

自分の勤めている会社の自慢でもしたいのか、この人？

私が首を捻っていると、慣れた手つきで男が内ポケットから名刺を取り出した。「こういう者です、よろしく」と渡されたそれには、思いもしなかった肩書が書かれていた。

「さ、斎藤《さいとう》法律事務所、弁護士、斎藤隆二《さいとうりゅうじ》……」

名刺に印刷された情報を読みあげると、男がにっこりと笑う。

「はい、斎藤です」

「弁護士、なの？」

「そうですよ」

て、ことは斎藤、さんが指示したバッジは、弁護士バッジ⁉

さすがに存在は知ってるけど、実物をまじまじ見たことなんてないから、わかんなかった。

「弁護士ってそんなに甘いもの好きなの？」

混乱した末の深い意味は無い質問だったのに、斎藤さんはまた盛大に噴き出した。

「何よ、そんなに変なこと訊いた⁉」

「いや、職業で括《くく》ってくるとは思わなくて……」

その時背後でエレベーターが到着した音がしたけれど、それどころじゃない！

「ちょっといい加減に……！」

「あっ、先輩！」

私の文句を遮るように、聞き覚えのある声がかけられる。えっ？　と疑問に思いながらも振り返るとそこには何故か薫がいた。

「薫、なんでいるの⁉」

「なんでって、総務から先月の出張旅費が間違っていたって連絡あったから、精算しに来たんですよ」

そうだ、先月の出張は薫と一緒に行ったんだった。なら同じように総務から連絡が来るはずだ。すっかり忘れてた！

「先輩もそうでしょ？　もうっ、声掛けてくれればいいのにー」

「そんなの知らないわよっ」

忘れていたことを隠すようにわざとそっけなく言うと、薫は「先輩、冷たいぃ」と口を尖らせる。

その時、また背後で噴き出す声が聞こえた。

「ちょっと、何で笑うの!?」

反射的に振り向いて文句を言うと、斎藤さんは声を上げることだけはなんとか堪えているようだったけれど、笑うこと自体は抑えられないようで、お腹を押さえながら肩を震わせていた。

「や、ごめ……！　仲いいんだな、と思って」

なんなんだこの男。笑い上戸!?

「先輩のお知り合いですかぁ？　外部の方ですよね」

言い返そうとしたその時、薫が興味津々の顔で話しかけてきた。ヤバい、ここで土曜日にナンパまがいのことをされた相手だなんて、薫に言えるわけがない！

「ええ、そうです。小林サンと同じ部署の方？」

「はいっ！　森山薫と申します！」

「ご丁寧にどうも、私は斎藤と申します」

あれ、と思った。薫と向き合った斎藤さんの表情が変わったからだ。今だって笑ってはいるけれど、さっきまでの笑いとは違う。隙の無いビジネスライクな笑い方。こんな笑い方も出来るのね。

「いつまでもここで話しているのはなんですし、行きましょうか」

促されて総務までの短い道のりを一緒に歩くことになってしまう。なぜか部外者の斎藤さんが先導するような形になってしまい、まるで私たちの方がお客様みたいだ。

ちらりと薫に視線を向ければ、瞳が好奇心でらんらんと輝いている。

……絶対後で詮索《せんさく》されるわ。どうしよう。

薫は自他共に認める面食いだ。斎藤さんは客観的に見ればかなり顔面偏差値《がんめんへんさち》は高い方だから、興味を持つなと言う方が無理だろう。うわー、面倒くさい。

斎藤さんが言ったように知り合いだとか友達の友達とか言ってお茶を濁すしかないか。正直に話したら、薫は納得するどころか追及の手をより一層強めるだろう。そうなったら面倒どころの騒ぎじゃない。

総務には他の部署と違って銀行の窓口のようなカウンタースペースがある。斎藤さんは慣れた様子でそこにいた女性社員へ声をかけた。そのまま振り向いて私たちに一礼すると、案内に立った女性社員と一緒に奥の応接室へと入って行く。

スマートなその姿を見て、薫が呟くように言った。

「なんか、すっごく慣れてる感じでしたねぇ」

「そうね」

れっきとした社員である私たちの方が慣れていなくて、思わず苦笑してしまう。

気を取り直してこちらも用件を告げると、どうやら私たちと同じような人たちが何人もいて、しばらく待たされることになってしまった。部署ごとに時間指定すればいいのにと思ったけれど、自分たちのミスでわざわざ足を運ばせるのにそんなことは出来ないか。

座るスペースも無く、壁際でじっと前の人の処理が終わるのを待つ間、沈黙が訪れる。

薫に斎藤さんのことを尋ねられても、なんとか土曜日のことは話さずに知り合いだとかそういう話で丸めこまなきゃ！　と身構えていたのに、不思議なことに精算を済ませて2階下の品質管理部に戻るまで、薫はほとんど黙り込んだままだった。

そんな薫が普段からは考えられない程重い口を開いたのは、終業後会社近くのカフェに落ち着いた頃だった。

「先輩は酷いです」

「……何が？」

唐突にぶつけられた非難の理由を考えてみる。今日貰った細菌検査のまとめで間違いを指摘したこと？　でも今までだって同じように指摘してきたのに文句なんて言われたこと無い。

愛らしい外見に似合わず、と言ったら偏見かもしれないけれど、薫は仕事に関しても強い。厳しく注意しても全くへこたれない。いつも前向きで、たとえ失敗して叱られてもくよくよせず、次の機会に挽回する力のある後輩だ。指導する立場としても、鍛えがいがある。

薫は私の質問返しなんぞ耳に入らない様子で、次の一撃を繰り出した。

「プリンスなんか眼中にないはずですよねぇ。あんな素敵な人が側にいれば」

「はぁ？」

なんでプリンス黒滝の話が出てくるの？　素敵な人って誰のこと？

全く意味がわからず、ただただ首を傾げている私など目に入らない様子で、薫はカフェオレを一口飲むと、悲しげに続ける。

「私、正直ショックでした。自惚《うぬぼ》れてるだけかもしれないけど、先輩と仲良いって思ってました」

いや、ちょいちょいキツイ事を言ってしまうけれど、私も薫とは仲良いと思っている。でも小中学生じゃあるまいし、わざわざそれを口に出して確認するのはちょっと、恥ずかしくないかね。

なんだか照れくさくなって視線を逸らすと、薫は拗ねたようにわざと大きな音を立ててカフェオレのカップをテーブルに戻した。

「ちょっと、どうしたの」

その拍子に零れたカフェオレを紙ナプキンで慌てて拭くと、カップを持つ薫の手が震えていた。もしかして、泣いてる？

薫の表情を窺うと、怒ったふぐのようにほっぺたをぷくりと膨らませ、口を尖らせていた。

「ていうか、先輩、なんで言ってくれなかったんですか？」

「……だから何を？　ごめん、何が何だかさっぱりわからない」

私、ここまで薫を傷つけるようなこと、した？

「とぼけないでくださいよ！　相手がいるってわかってれば私だって無理に合コンに誘ったりなんてしないのに」

「さっきからアンタ何言ってんの？」

本当に理解できなくて問い返すと、薫は半《なか》ば呆れたように、言った。

「だって、付き合ってるんでしょう？　斎藤さんと」

さいとうさん。はて、誰だっけ。一瞬わからなくて頭の中を探ってしまう。そして引き出されたのは、たれ耳の犬に似た、甘いもの好きの弁護士。

「はあぁ!?　なんであの男と付き合わなきゃいけないの！」

「……違うんですかぁ？」

「違うに決まってるじゃない！　何がどうなれば付き合ってるなんて話になるのよ!?」

「だってぇ……」

私の剣幕に、今度は薫の顔が泣くのを堪えるように歪んだ。顎の下に梅干しみたいな皺《しわ》が寄る。ああもう、小さな子供みたいだ。

「まったく、ひとりで勝手に勘違いしてひとりで拗ねて！　知りたいならちゃんと訊けばいいでしょうに」

「じゃあ斎藤さんとはどんな関係なんですか？」

「関係も何もないわよ。ただの知り合い。たまたま社内で遭遇したから、びっくりしてちょっと話しただけ」

それこそ真っ先に尋ねられるだろうと思っていた質問だったから、すらすらと答えることが出来た。

「……ホントですかぁ？」

「本当よ！」

うん、嘘はついてない。嘘はね。初めて会ったのは先週の土曜日で、ケーキを一緒に食べてくれと声をかけられたことは、言ってないだけ。

自信満々に言い切った私の態度に、ようやく薫は信じてくれる気になったらしく「早合点してすみませんでした」と恥ずかしそうに謝ってきた。

「じゃあ、斎藤さんが今日何でウチの会社に来てたとかは、知らないんですか？」

「ぜーんぜん。そもそも職業くらいしか知らないし」

職業を知ったのは今日だったけれど、それも言う必要はないだろう。

「……ホントに仲いい訳じゃないんですね」

薫の呟きは、完全には信じ切っていない証拠で、私のただでさえキツイ目尻がさらにつり上がることになる。

「しつこいっ！」

「すっすみませんっ！」

ここまでしてようやく、薫の態度はいつも通りに戻ってくれた。はあ、面倒くさい。

「先輩、来年の組織改編の話、聞いてますよね？」

「ウチと別事業部の総務と経理を統合するって話でしょ？」

突然全く違う話を持ち出されて、驚きながらも相槌を打つ。もっと斎藤さんと私の関係について粘るかと思った。

ウチの会社は数年前に同業他社と合併している。とはいえ社内カンパニー制度を取っていたため、業務内容に大きな変化は無く、大多数の社員からすれば変わったのは社名と取締役のメンツ程度。

それがこのたび事業部ごとにある総務と経理を集約し、一元化することで効率化を図ることになった。合併した企業ではよくあることだろう。

この改編は合併当初から半ば決まっていたようなものだ。具体的な組織案が示されて以来は、福利厚生《ふくりこうせい》の手続きが多少不便になるかもしれないことを除けば、社内であまり話題になることもなかった。

それよりも私にしてみれば合併当初あった各社の品質管理部門の統合話の方が印象に残っている。現場から強固な反対があったことと、別事業部との規格などのすり合わせに手間取り、結局見送られたけれど。

「この統合と一緒に進んでいる話なんですけど、総務に今コンプライアンス対策室ってあるじゃないですか。そこを元に今度法務部と監査部ってのを作るみたいなんですよ」

「うん、そうみたいね」

設立後は現在総務と経理があるフロアに入る予定だという。コンプライアンス対策室と品質管理部は業務で浅からぬ繋がりがある。法律のきちんとした専門部署が出来ることは喜ぶべきことだ。

「で、それが何か？」

「何かじゃないですよ。斎藤さんはその打ち合わせに来てたって訳です」

「はぁ？　……なんでそんなこと知ってんのアンタ」

まあ弁護士が普通会社へ訪問しに来たらそりゃ法務担当に用事としか考えられませんけども。会社の話題を振ってきたかと思ったら、これですか。

「いい男の情報は早めにゲット、これ基本です」

得意げな顔をする薫に、ため息が出た。

社内に友人がほとんどいない私と違って、薫の情報網は広い。大方、この情報は総務の同期あたりからゲットしたんだろうけど、呆れるしかない。

「いや先輩、重要なのはここからです」

薫が真剣な面持ちでずい、とテーブルの上に身を乗り出す。

「斎藤隆二、32歳。有名私大の法学部卒で、ウチの顧問弁護士だそうです。学生時代はサッカーやってたスポーツマン！　もちろん独身！　身長１８５㎝ですって！」

「……はあ」

職業や年齢はともかくとして、出身大学とか学生時代やってたスポーツなんてどこから仕入れてきたんだ？

その情熱、いったいどこから湧いてくるんだか、一度頭の中覗いてみたいわ。

「加えてお勤め先の斎藤法律事務所の所長はお父さん。つまり跡取りですよ！　かんっぺきじゃないですかぁ！　久々にプリンスと並ぶパーフェクトイケメン発見しましたよぉ！」

「……あ、そう」

だから何だっていうんだ。斎藤さんのプロフィールなんて全く興味無いから、嬉々として話し続ける薫の声は耳を素通りしていく。

ため息を隠すためにレモンティーを啜っていると「百合先輩～」と薫が甘ったれた声を出してきた。この口調の時は、要注意だ。

「何よ」

カップをテーブルに戻すと、胸の前で祈るように両手を握りしめた薫がきらきらした瞳で言った。

「知り合いなら紹介して下さいっ！　ぜひお近づきになりたいですっ」

「却下！」

間髪いれずに断るけれど、それで諦めるような薫じゃない。そもそも今日初めて名前を知った相手のことなんて、紹介出来るわけない。ここは、断固拒否！

「総務の子たちも狙ってて、競争率高いんですよぉ」なんて縋りつかれても、そんなん知るかっ！

「はあ、疲れた……」

家に帰りつくなり、そんな言葉が転がり落ちてしまった。なんで週の頭からこんなに疲れなくちゃいけないんだ。

薫の懇願は小一時間続き、我慢できなくて振り切るように帰ってきた。

結局当初の目的だった合コンの愚痴なんてどっかに吹っ飛んでしまっていた。恋愛が絡まなきゃ、いい子なんだけどなぁ……。

どうして薫のみならず、みんな恋となると性格が変わってしまったようになるんだろう。

そんな疑問は、私が恋愛沙汰に対してイマイチ積極的になれない一因でもあったりする。

そりゃ多少は相手に合わせて対応や態度を変えるのは当たり前だと思う。だけどそれが好ましい男性相手となると、みんな舞台役者も真っ青の早変わりだ。

それをすごいとは思うけれど、不器用な私には無理だろうなとしみじみ思ってしまう。

断固として拒否を続けたら薫はようやく「じゃあ自力で頑張ります！」と言ってくれたから、一応私の紹介は諦めてもらえただろう。それで良しとしなくては。

もう今夜はお風呂入ってさっさと寝ちゃお。

お風呂の準備をしたついでに洗濯物をまとめてしまう。たまたま仕事中にコーヒーを溢《こぼ》して汚してしまい、持ち帰ってきた白衣のポケットを改めていると、折れ曲がったカードが入っていた。

「なんだこれ?」

広げてみると、それはあの斎藤さんから貰った名刺だった。そうだ、薫に声をかけられた時、咄嗟に白衣のポケットに突っ込んで、そのまま忘れていた。

「32歳、弁護士、有名私大卒、跡取り息子で顔もよし、か」

ここまでくると、まるでドラマや小説に登場するヒーローのようだ。出来すぎた男も、いるところにはいるんだなと感心すらしてしまう程。あ、プリンス黒滝もいたな。……ということは意外といるものなのかもしれない。ただ私が興味無いから目に入らないだけか。

なんとなく弁護士、という職業は、斎藤さんに似合いのように思えた。あの距離感の取り方の上手さは仕事で養われたものだと思えば、納得だ。

それにしても隆二って名前からすると、次男ぽいのに跡取りなんだ。変な感じ。

「でも甘いものが超大好き、と」

蕩《とろ》けそうな表情でケーキを頬張る姿を思い出すと、なんだか笑える。

薫と遭遇した時に、さらっと流してもらえて本当に助かった。あの時真相を暴露されていたら、総務の目の前で薫の追及大会が始まっていただろう。

もう会うことは多分無いだろうけれど、なんとなくそのままゴミ箱に直行は悪い気がして折れ曲がったところを手で伸ばしてみる。

すると事務所の代表番号の他に携帯電話の番号が印刷されているのが目に入った。

そこでふと、思いつく。

ウチの会社の女性社員に個人情報が駄々漏れだってことは、教えてあげた方がいいかもしれない。見知らぬ人が自分の個人情報がっちり握っていたら、私なら絶対嫌だもん。

借りがあるというか、助けて貰ったことは事実だし。

それに……出来れば薫には次会った時も今日の嘘をつき続けてもらいたい。図々しい願いかもしれないけれど、毎日顔を突き合わせる相手とのトラブルはなるべく避けたい。

「一応、お知らせってことで」

思い立ったが吉日。すぐさま電話をかけると、コール音が3回鳴ったところで繋がった。

「はい、斎藤です」

電話越しの斎藤さんの声は、耳に残っていたものよりもずっと低くて、何故か急に緊張してしまった。

「あっ、あの、小林ですっ」

名乗った後、ありふれた名字に相手が私だとわかるはずないと気付いた。しまった、フルネームを名乗るべきだった！

「えっと、今日……」

慌てて説明をくっつけようとしたら、喉の奥でくつくつと笑う声が聞こえた。ほんっと、よく笑うよね、この人！

「わかりますよ。小林、百合サンでしょ」

「なんでわかるんですか？」

「そりゃわかりますよ。連絡頂けるとは思っていませんでしたけど」

まだ笑いを引きずったままの斎藤さんの声に、少しカチンとくる。

「お知らせした方がいいことがあってお電話したんですけど、そのご様子じゃ必要なさそうですね」

「お知らせ？　何だろう」

「いいえ、余計なお世話は止めておきます」

考えてみれば私のように敵意むき出しの女とでも平気な人間なのだから、自分に好意をもった女の子のことなんて軽くあしらえるだろう。元々私が心配するような事じゃないしね。

「でも……今日、後輩に土曜日のこと言わないでくれたことには、感謝してます。ありがとうございました」

一応、お礼は言っておかなきゃ。知らない人に借りがあるなんて、気持ち悪いし。

「出来ればそのまま、内緒にして頂ければ助かります」

「別に構いませんよ。彼女とはもう会うことも無いだろうし」

「いえ、絶対あります」

そりゃもう確実だ。ロックオンした薫を舐めちゃいけない。

「そうなの？　まあ、言ってしまうと俺の甘党っぷりもばれちゃうからね。お互い様ってことで」

「あ、そっか。じゃあ今のお願いは無しにします」

「なんだよそれ！　謙遜《けんそん》通じねーし」

電話越しに大笑いを返されて、ムッときちゃう。だって、今お互い様って言ったじゃん！

「なんでアンタそんなに笑う訳!?　感じ悪い！」

もう敬語も吹っ飛んでしまう。

「ごめんごめん。ところで今週の土曜は空いてる？」

「はぁ？」

「お詫びに超美味しいケーキ、ご馳走するよ。報告とやらも是非聞かせて欲しいしね」

「別にいらないでしょ？」

「いーや、絶対聞きたい。土曜の14時に、小林サンの会社の最寄り駅で待ってるから。じゃあね」

「ちょっ……！」

ちょっと待って、と言う前に通話は切れてしまった。

「何なのよ、一体！」

わけわかんない！


一日中くもり空で肌寒かった昨日とは違って、今日は温かな日差しが気持ちいい。こんな日は外で食べた方が気分転換になる。智美を外に誘うと、二つ返事でＯＫしてくれた。

「今日は何食べよっか？　パン屋さん行く？」

外で食べる時は移動販売のパン屋さんやお弁当屋さんを利用して、会社近くの公園で食べる。きちんと管理しているところがあるらしくてベンチも綺麗だし、噴水なんかもあって雰囲気いいんだ。

「いや今日は弁当いっちゃおうかなー」

智美は大きく伸びをすると、少し疲れた様に言った。

「あら珍しい」

前はお弁当屋さんを利用していたけれど、最近はめっきりパンばかりだった。そこのお弁当は美味しいんだけど、男の人向けなのか、ちょっと味が濃い目で量が多い。

「昨日のトラブルまだ引きずっててさー、疲れちゃったからガツンとしたもの食べたい感じなの」

「そんなに大変だったんだ」

昨日の昼休み、いつものように営業部に智美を迎えに行ったんだけど、営業部全体がえらい騒ぎで、一緒に食べられなかったのだった。

「ホント、久しぶりに焦ったわー。結局お昼食べ損ねちゃったもん」

「そんな忙しいって……何があったの？」

「昨日東名高速の玉突き事故あったんだけど、知ってる？」

「ああ、あったね。30台だか巻き込まれたんじゃなかったっけ？」

「……あの中にウチの会社のトラックが交じってたの」

夜のニュースで結構大きく取り上げられていた。死傷者も出ていたはずだ。

「えっ!?」

「ドライバーに大きな怪我はなかったのが不幸中の幸いだったけど、運んでいたのが明日から始まるキャンペーン用に卸す特注の地鶏でさ。それが全部パァ」

「うわー……」

「代替品用意するの大変だったよ……」

そりゃ大事だわ。深いため息を吐いた智美の肩を慰めるように抱くと、智美はようやく笑顔を見せてくれた。ホントお疲れ……。

智美はがっつりトンカツ弁当、私はめんたい高菜《たかな》弁当を選んで、公園のベンチで広げる。久しぶりにいつもと違うものを食べると美味しく感じるなあ。明太子が混ぜられたしょっぱい高菜に、甘めの玉子焼きがいい感じ。

「そういえば小姑との対決はどうだったのよ」

「もう、小姑って言い方は止めてよ。お姉さんいい人だったよ。赤ちゃんすごい可愛かったー」

ほら、と智美は携帯電話を取り出すと、プリンス黒滝の姪っ子の写真を見せてくれた。モデルみたいな顔立ちで、確かに可愛い。

「緊張したけど、黒滝さんのお姉さんもその旦那さんも気さくで優しかったよ」

「よかったじゃん」

話している智美の表情は本当に楽しい思い出を語っているようにしか見えなくて、安心する。

「土曜日のデザートブッフェ、どうだった？　誰か別の友達誘ったんでしょ？」

「ああ、うん……」

途端に、昨日の電話を思い出す。

「……ちょっと色々あって、知らない男と食べたんだよね」

「男!?」

智美が驚いたように声を上げた。入社以来4年の付き合いだけど、智美は私のことを男嫌いだと思っている。そんな私が男と一緒にケーキ食べたなんて言ったら、そりゃ驚くよね。

「まあ、なりゆきって感じなんだけど……」

男、斎藤と出会った時のことを話してみる。デザートブッフェをしている店の前で突然懇願されて斎藤と一緒にケーキを食べたこと。

そして昨日、偶然社内で再会したこと。再会したところを薫に見られて、斎藤が嘘をついてくれたことで切り抜けたこと。さらに薫に紹介してくれと迫られたこと……。

薫と違って智美は茶化したり変な勘繰りをしてきたりはせず、私が話し終わるのを時折相槌を打ちながら聞いてくれた。

「……まあ、助けてもらったことは事実じゃない？　だから薫だけじゃなくて社内の女の子に個人情報駄々漏れですよ、気をつけなって教えてあげようと思って電話したんだ」

「へえ！　百合から!?」

「そう。貰った名刺に携帯番号あったから。……電話したの、変だった？」

「いや、変じゃないよ！　それで、相手は何だって？」

「わけわかんないんだけど、急にケーキご馳走するからって待ち合わせの場所とか時間とか一方的に言われて、ガチャ切り。酷くない!?」

私は完全に智美からは同意してもらうつもりだったのに、返ってきた言葉は全く違っていた。

「いいじゃない」

「どこが⁉」

一方的に押し付けられた約束なんて、ムカつくだけじゃないか！

「まあ勝手に待ってればって感じ。無視するけどね」

するとまた智美は驚くようなことをさらっと言った。

「私は行った方がいいと思うなぁ」

「どうして⁈」

すると優しい表情で、智美はまた私がびっくりするような事を言った。

「だってなんか話聞いててさ、楽しそうだなぁと思ったから」

「楽しそう？」

「百合って初対面の人と仲良くするの、苦手じゃない？」

「……そうだけど」

自分で言うのもなんだけど、知らない人間を警戒しすぎて、目が合うなり噛みついてしまう獰猛な犬のような状態になってしまうことも珍しくなかったりする。ただ苦手というより、もっと始末が悪い。

「それなのに斎藤って人とは、平気だったんでしょ？　ならもっと仲良くなろうって努力してもいいと思う」

「えぇ!?　そもそもケーキのことしか話してないよ」

美味しいものを食べてたら、なんとなくガルガルいがみ合う気分になれなかっただけで、仲良くなったわけじゃない。

「それにお互いすごい気を遣ってたし。ただ楽しいってのとはちょっと違う気がする……」

ところが智美は「そんなの当たり前じゃない」と笑った。

「百合、私にだって気を遣ってくれるでしょ？　一緒」

「そうかな……」

智美と斎藤なんて比べものにならないよ。

「話題は何だっていいんだよ。一緒に楽しい時間を過ごせる人って、貴重だもん。ただでさえ社会人になれば友達って出来づらいし、仲良くなれれば万々歳じゃん」

営業事務ってこともあって、智美のコミュニケーション能力は私なんかと比較出来ない程高い。でもそんな智美には簡単なことでも、私には一度しか会ったことのない人と仲良くなるなんて、かなり難しい。

「でも、男だし……」

あと、もうひとつ問題がある。

同性である女性にだって上手く接することが出来ないのに、男性と親睦を深めるって一体どうすればいいかわからないし、なんだか怖い。

苦手だからといって、私は別に他人との交流を最初から拒んでいるわけではないのだ。仲良くなりたいと思って、頑張ることだってある。でもファーストコンタクトで失敗してしまうと、その後は当然上手くいかない。

小学校の頃から同じ失敗ばかりを繰り返していることを、よく付き合いの長い友達にはからかわれる。皆にいい顔っていうのが、どうにも難しいのだ。

いい加減になんとかしなくちゃと、新入社員研修ではなんとか頑張ったつもりだった。けれど他の人からすればずいぶん空気の読めないことをしてしまったらしい。

おかげで同期からは、嫌われているわけではないだろうけれど、距離を取られている気がする。智美と仲良くなれていなければ、きっと私は毎日ひとりで昼食を食べていただろう。

ひとりで食事することは、私にとって苦ではない。だけどひとりが平気なことと、拒絶されても気にならないことはイコールじゃない。誰かから嫌われれば、当たり前だけれど、傷つく。わざわざ明らかに傷つくようなことをするのは、嫌だ。

私の戸惑いを察したのか、智美は「別に男の人だからって特別意識する必要は無いんじゃない？」と笑った。

「それは、わかるんだけどさ……」

頭ではわかっていても態度に出てしまうんだよ。

「百合はさ、相手が男ってだけでいつもすごい身構えちゃうけど、考え方を変えてみたら？」

「考え方？」

「別に友達が男でもいいじゃない。飲み友達とか趣味友達とか、友達ってひとつ共通点があればなれるものだしさ。一緒に楽しめるものがあれば、男とか女とか関係ないよ」

一緒にいて楽しい。確かにそれは友達であることの大前提だ。

「次の約束もケーキなんでしょ？　スイーツ友達とでも考えれば？」

「スイーツ友達、ねぇ……」

そういえば斎藤はブッフェの時「いい歳した男が、公衆の面前でケーキ食べるなんて、恥ずかしいって気持ちがある」って言ってたなぁ。普段ならこういう店にはなかなか入れない、とも。

ならスイーツを一緒に楽しむ相手としては、同性じゃなくて異性の方がいいだろう。あいう店じゃ男性のひとり客よりふたり客の方が目立つ気もするし。

そう考えると、突然私を誘ってきたことも納得出来る気がした。何しろすでに恥ずかしい場面をばっちり見られているのだから、取り繕う必要がない相手ってわけだ。

「……じゃあ、一応行ってみるかな」

私がしぶしぶ、という風に言うと、智美は「そうそう、気軽に行ってきな！」と朗らかに笑った。

第三章　待ち合わせておふたりさま

ちりりりり、と目覚まし時計が鳴る。時計の上にベルがついているレトロなデザインで、雑貨店をいくつも回って見つけたお気に入りだ。

「んー、よく寝た」

ベッドから身を起こして目覚まし時計のベルを止め、大きく伸びをする。カーテンをめくると、季節によってはほんのり明るくなっている時もあるけれど、基本的に外はまだ暗いままだ。

起きたらすぐわざと部屋の電気を一番明るくする。これは、蛍光灯の光で身体に「朝が来たよ」って認識させるため。セロトニンの分泌を促すには、本当は太陽の光が一番なんだけど、難しいから蛍光灯で代用。とにかく光を浴びて、身体に「朝が来た」って認識させることが大切。

ストレッチをして、完全に目が覚めたら朝食の準備。今朝はちょっとお楽しみ。

冷蔵庫を開けると昨日の朝仕込んでおいたフレンチトーストが、牛乳・砂糖・玉子、それとバニラエッセンスを混ぜた調味液を吸い込んでふっくらと黄色く染まっている。丸一日、つまり24時間浸すというちょっと手間のかかるこの作り方は、予約必須な某有名ホテルのレシピ。これをたっぷりのバターで焼き上げたら、完成！

「んー、美味しい！」

じっくり焼き上げたフレンチトーストの外側はさくっとしていて、それでいて中はふんわりジューシー。これだけでも十分美味しいのだけれど。……これにたっぷりメープルシロップをかけるともっと美味しいんだよねぇ！

黄金色のメープルシロップをこれでもかってくらいかけて、頬張る。

「最っ高！」

夜に甘いものを食べると罪悪感あるけど、これが朝だと無い。早起きしている分時間に余裕もあるから、多少手の込んだレシピだって作れるしね。

今朝のメニューはこの一晩じっくり浸したフレンチトーストメープルシロップかけ、レンジで作った蒸し野菜と豆のサラダ、あとはコンソメスープ。

好きなものを食べてはいるけれど、一応朝食にこだわりはある。それはたんぱく質をきちんと摂ること。特に女性に嬉しい成分が豊富な大豆系はよく食べることにしている。和食なら豆腐や納豆、洋食の時なら豆乳って感じでね。お肉に比べてカロリーも低いし。

今日は主食が甘い系だったから食後のデザートは無しにしたけれど、質素めな和食の時なんかはデザートにケーキを食べる時もある。

「あ、しまった」

好きすぎて週末の土日どちらかの朝食はいつもフレンチトーストを食べているのだけれど、今日も先週に引き続き午後ケーキを食べる予定があったんだった。ちょっとカロリーオーバーしちゃうなぁ。

「でも、本当に来るのかな……」

智美に言われて、結局斎藤との待ち合わせに行くことにしたけれど、その後斎藤と特別連絡は取っていなかった。なんだかまたこちらから連絡するのは、負けたような気がしてしまって。この変な意地が、私の悪いところだってことは、重々承知している。

でも一方的に言われただけだから、不安になるのも仕方ないよね。

「来なかったら来なかったで、まあいいか」

チェストに並んだ手製の熊のぬいぐるみをつつく。今まで無地のものばかり作っていたけど、次は柄有りでも可愛いかも。

私の部屋は自分で作った趣味の小物で溢れている。大小様々な熊のぬいぐるみにトールペイントの壁掛け、パッチワークのベッドカバーにかすみ草のドライフラワー。どれも全部、大好き！

理想はグリーンゲイブルズのアンの部屋！

出来るなら壁紙を花柄に替えたいところだけど、さすがに賃貸なので自重している。いつかマンション買ったら、実行するつもり。そのために毎月せっせと貯金しているのだ。そんな私の部屋は友達には「乙女ルーム」と呼ばれている。……別名「やりすぎ部屋」とも言われてるけど。

いいのいいの。ちゃんとＴＰＯはわきまえてます。似合わないって言われるのはわかっているから外では極力乙女モードオフにしてます。だから、可愛い小物を持つくらいは、許して欲しい。

食後のお茶を飲みながら、頭の中で一日の予定を組み立てていると、カーテンの隙間から本物の日の光が差し込んでくる。

元々人が多い場所が苦手だから、あんまり出かけるのは好きじゃない。だから普段の買い物はネットをフル活用している。今は何だって売ってるしね。

でもやっぱり直接確認したくなるものって、ある。私にとってそれは、大好きな趣味である手芸の材料たちだ。だから今週末は斎藤との約束が無くても、出かけるつもりだった。

今日はお天気よさそうだ。せっかくの休日、楽しまなくちゃ。

贔屓《ひいき》にしている大型の手芸用品店に行くと、顔見知りの店員さんが声をかけて来てくれた。いつも長居しているから、お互い自然に顔と名前を覚えてしまっている。

「いらっしゃいませ。小林さん好みの新作の生地、入ってますよ！」

「本当ですか？　じゃあまた長居しちゃうかも」

「どうぞ、ゆっくりご覧になって下さい」

今日買いに来たのは、手作りの熊ちゃんの洋服生地なんだけども。

「可愛い！」

店員さんの言葉通り、量り売り生地のコーナーには素敵な生地がたっくさん入荷していた。あれこれ目移りしてしまってなかなか決められない。洋服だけじゃなくて、新しい熊ちゃん、もう一つ作っちゃおうか。

「んー、これもいいなぁ」

デコレーションされたドーナツ柄の生地が目に留まる。オーソドックスなチェック柄や花柄も好きなんだけど、ポップな柄も大好き！

これでティッシュケースとお揃いでポーチ作るのもいいかも。レースつけるならチョコレート色がきっとよく合う。でも生地はシンプルな柄にして、刺繍に凝るのもいい。この間薫にあげたやつには黒猫の刺繍をしていたけれど、蝶なんかも可愛いよね。それともシンプルな草木染めの生地に、タティングレースをあしらうのも可愛い。新しい糸も買わなくちゃ。

生地を端から端までたっぷり見た後、レースのコーナーや手芸用の糸のコーナーを堪能して店を出たのは、なんと数時間後だった。

いつも長居してしまうんだけど、今日はちょっとしすぎたかも。何しろ新しい熊ちゃんとその洋服の生地と、新しいティッシュケース用の生地、パッチワークによさそうな端切れの束、さらにレース編みの糸までたっぷり買いこんでしまった。反比例して軽くなった財布の中身を思うとさすがに苦笑してしまう。

よーし、これから遅いランチといこう。

どこで食べようかな、と通りのお店に視線を向ける。朝が洋風だったし、昼はご飯ものにしよっかな。この近くにはどんな店あったっけ？

騒ぎだしたお腹を宥めつつ、よさそうな店を探していると、カフェの看板に書かれたランチの時間が目に入った。ランチタイム11時～14時。

「14時……あっ！」

斎藤との約束って、14時じゃなかった⁉

時間を確認すれば、もう13時過ぎ。えっと、ここから待ち合わせ場所である会社の最寄り駅までって、どのくらいだっけ⁉

駅まで行って、その後上手く乗り継ぎできても、ギリギリかもしれない。

「やっぱ……！」

一方的な約束とはいえ、行くと決めたなら守らなきゃ、人として駄目じゃん！

慌てて駅に向かって走ったけれど、生憎《あいにく》パンプスじゃ、なかなか思うように走れない。

結局待ち合わせの駅に着いたのは、14時を15分程過ぎていた。改札を抜けて周囲を見回しても、斎藤らしき人間はいない。

「なっ、ん、だ」

いないのか。拍子抜けしたような、ほっとしたような気持ちと、どうしていないんだろうという怪訝な気持ちが入り混じって、混乱してしまう。

ちょっと、待て、自分。久しぶりの全力疾走に思いのほか体力を奪われて、それどころじゃない。

荒い息を整えるために、駅の壁に凭《もた》れかかる。弾んでいた呼吸が鎮まっていくうちに、少しずつ冷静になっていく。

15分って、微妙な時間だ。待てない人ならもう怒って帰ってしまうのもあり得えない話じゃない。私だって連絡無しに待たされたら友達にだって多少の文句は言ってしまうかも。

そうだ、連絡すればよかったんだ！　急いで行かなきゃって、それだけしか考えてなくて全く思いつかなかった。

携帯を取り出してみると、画面に表示されているのはいつもの待ち受け画面。つまりそれは、斎藤からの連絡は来ていないということ。

それが無いってことは、多分からかわれたんだろう。

「……急がなくてもよかった、な」

大きく息を吐き出すと、かかとにちくりと痛みを感じた。そりゃパンプスであれだけ走れば、立派な靴ずれが出来るよね。間抜けすぎ。

さっき走り抜けた改札へ向かうために踵を返した。その時。

「ちーこーくー」

「ひゃっ！」

耳元で突然囁かれて、誇張じゃなく飛び上がってしまった。

「リアクションでかいねー」

振り向くと斎藤が笑いながら立っていた。えっ⁉

「なんでいるのっ⁉」

「なんでって、約束したでしょ」

「そっそれはそうだけど、いなかったじゃない」

自分でも混乱しすぎて何を言ってんのって感じだったけど、斎藤にはちゃんと意味が通じたらしい。

「いたよ？　そこに」

そうやって指差された先は、なんと改札の中。とにかく駅前ってことばかり考えていたから、ちっとも気付かなかった。

というか何故か私、無意識のうちに斎藤イコール、スーツ姿だと思っていたのだ。目の前にいる斎藤は、休日だから当たり前だけどそうじゃない。

白いTシャツの上にざっくり編まれたグレーのケーブルニット、下はデニムという服装は無造作にセットされたくせ毛と相まって、なんだかスーツ姿よりも幾分若く見える。

「なんで改札の中にいるのよ！」

普通駅で待ち合わせって言ったら、改札の外でしょうが！

「目的地はここから少し移動するから、改札の中の方が都合いいかと思って待ってたんだよ。ちゃんと約束の時間の10分前にね」

やんわりと時間を守っていないことを指摘され、自分のことは棚に上げてカッとなってしまう。

「じゃあ私が改札を出る前に声掛けてくれればよかったじゃない！」

「いや小林サン、すごい形相でダッシュしてくもんだから、俺呆気に取られちゃってねー」

すごい形相って……そりゃ全力疾走してればにこやかになんてできないよ。くそぅ、ああ言えばこう言うとはまさにこのことか……！　上手い返しが思いつかない！

「ま、とりあえず、行こっか」

そう言うと怒りを堪えるために拳を握りしめている私の方へ斎藤は何故か手のひらを差し出してきた。

「何よ?」

「荷物、持つよ」

どうやら手芸店で買いこんだものが入った紙袋を寄こせということらしい。

「いいわよそんなの。自分で持てるわ」

他人に手伝ってもらう程の荷物じゃない。断ると斎藤は少しだけ呆れたように眉を寄せた。

「足、痛いんでしょ? その紙袋重そうだから寄こしなさい」

人の好意は素直に受け取るもんだ、なんて言われても、荷物を持ってもらうのには抵抗があった。それになんで足を痛めたことを知ってるわけ?

紙袋を渡さないでいると、斎藤はにやっと笑って続けた。

「それとも腕組むか、手を繋ごうか? ああ、お姫様抱っこかおんぶの方がいいかな?」

「絶対嫌!」

「なら、荷物くらい俺が持ってもいいんじゃない? ほら」

「うっ……!」

言い負かされて、しぶしぶ紙袋を斎藤に渡した。なんで私の方が駄々をこねているような気分にならなくちゃいけないんだろう。

「結構重いじゃん。何買ったの?」

手首を返すようにして受け取った紙袋を持ちあげると、斎藤が尋ねてくる。

「大したもんじゃないわよ。布とか、糸とか」

仏頂面で言い放った私に、斎藤は苦笑しながらもそれ以上の詮索はしなかった。

「じゃあ行こうか。足は大丈夫?　歩ける?」

「ていうか、なんで私が足痛いのがわかるの?」

「そのヒールであれだけ走れば足痛めて当然でしょ。捻ったりはしてない?」

「……してない、けどかかとがちょっと痛い」

今日履いていたのは6㎝ヒールのパンプスだ。女からすれば特別高いヒールというわけじゃない。靴ずれしてしまったのは、元々デザイン重視で買った靴だったから、あんまり足には合ってなくて、騙し騙し履いていたせいもあるだろう。

「絆創膏とかある?　無いならそこのコンビニで買ってくるけど」

「いい、ある」

「じゃあ、ほら」

斎藤が膝を折って私と視線を合わせたから、思わず上半身を引いてしまった。

「何よ」

「何よじゃないでしょ。肩を貸すからさっさと貼っちゃいな」

あ、そういうことか。

いつも持ち歩いてるポーチから絆創膏を取り出した後、言われた通りに肩を借りて靴を脱いでみると、案の定かかとは擦れて血が滲んでいた。

「……酷いな。電車じゃなくてタクシーで行くか」

「いいわよ、もったいない！　このくらい平気よ」

電車で行ける距離をタクシーで行くなんて、よっぽどの事情が無いとただの贅沢だ。それに靴ずれ程度で歩けなーいなんて言ってたらお洒落なんぞ出来ない。女のお洒落は多少の我慢が必要なこともある。

斎藤は私の軽くない体重をかけても、びくともしなかった。やっぱり男って力があるんだなぁ。

私は身体が大きいせいか、友達に頼るよりも頼られることの方が多かった。だから誰かに荷物を持ってもらうなんて、もしかしたら初めてかもしれない。

視線を上げると斎藤のそれと合わさってなんだか戸惑ってしまう。どうしたの、という風に瞳で尋ねられて、逃げるように視線をまた足に戻した。……そういえばこうして男の人に触れるのってどれくらいぶりだろう？

自分から触れたからだろうか。斎藤の肩に手を置いても不思議と嫌悪感は湧いてこない。

もたもたと片手で絆創膏の粘着面を覆うテープをはがしていると「見てられねー」と絆創膏を取りあげられた。

「ちょっと！」

「この方が早いでしょ？　ハイ」

斎藤はあっという間にテープをはがしたものを渡してくれた。

「……どうも」

なんとか両足のかかとに絆創膏を張ると、さっきまでの痛みはずいぶん軽減された。走ったせいで履いていたフットカバーが半分脱げてしまって、それが余計靴ずれする原因になってしまったっぽい。

「もう大丈夫？　歩ける？」

「平気。……ありがとう」

気遣ってもらったことがなんだか照れくさくて、小さく付け加えるようにお礼を言ったら。

ぐううううう。

すっかり鳴りを潜めていたお腹の虫が、急に騒ぎ出した！

何で!?　そりゃお腹減ってたけどさ！

私が呆然としていると、斎藤は会社で遭遇した時のように盛大に噴き出した。

「ちょっ……！　ここでお腹、鳴るって……！」

「何よ！　笑わないでよ！」

まるでコントみたいなタイミングだったけど、自分でコントロール出来るものじゃないんだから、笑うのは失礼じゃない!?

「いや、無理っ！」

斎藤はひとしきり声を上げて大笑いしたあと、垂れた目尻の涙を拭きながら言った。

「やっぱり小林サンって最高！」

「ふんっ、馬鹿にして！」

「いや馬鹿になんてしてないって」

「もういい！　荷物返してよ、私帰る！」

「ごめんっ！」

さっきまでの大笑いが嘘みたいに、斎藤は勢いよく頭を下げた。

「奢るから許して！　これから行くとこ食事も美味しいからさ」

加えてこの通り！　と拝むように両手を合わせて見せる。

「ちょっと、止めてよ」

「許してくれるまで、頭は上げない！」

男がくの字に腰を折って女に謝っている姿は、さすがに周囲の視線が気になる。ただでさえさっきの大笑いで人目を引いているのに。

「もうっ、わかったわよ」

私がそう言うと、斎藤は勢いよく頭を上げた。その顔に浮かんでいるのは悪戯《いたずら》が成功した悪ガキのような笑顔で。

「じゃ、行こうか」

さらっと言うなり斎藤は改札へ向かってすたすたと歩いて行ってしまった。

「なっ……！」

またやられた！　初対面の時も同じことされてるのに、どうして引っかかってしまうんだろう。思わず地団駄踏みたくなるくらい、腹立たしい。だけど足が痛いから出来ないのがまた、頭にくる！

「何してんのー」

さっさと改札を抜けた斎藤の呑気な声に怒鳴り返したい気持ちをぐっと堪えて私も改札へ向かった。

「ここだよ」

斎藤が私を案内したのは、ビルの谷間にひっそりとある時間の流れが何十年も前に止まってしまったような、古めかしい喫茶店だった。重そうな木製の扉に付いているのは鉄製のドアノブ。大きな窓ガラスは濃い飴色で、外から店内を窺うことはできない。私がひとりでここを通りかかっても絶対に入ることはないだろう。この雰囲気は初めての客にとってみれば敷居が高すぎる。

案の定内装も外見に比例して年季が入っていた。煙草もOKの店なのだろう。店の中はヤニのせいか全てが薄茶色の塗料を吹きかけたような風情《ふぜい》だ。これまた何十年も使ってそうな灰皿と、焦げ跡のあるビニールのテーブルカバーが微妙すぎる。

「オムライスとコーヒーとアイスレモンティー。あとバナナオムレットを2つ。飲み物は食事と一緒で、オムレットは後でお願いします」

戸惑っている私を尻目に、席に着くなり斎藤は勝手に注文してしまう。

「ちょっと!」

「ん？　ミルクティーの方がよかった？　バイキングではレモンティーだったからそうしたんだけど」

「そうじゃなくて、なんで勝手に注文しちゃうのよ」

紅茶にはミルクじゃなくてレモン派ですけども！　メニューすら見せてくれないってどうなのよ。

「オムライス嫌い？」

「嫌いじゃないけど」

「じゃあ食べてみてよ。マジでうまいから」

ここまで自信満々の笑顔で言い切られてしまうと、いつまでもぐだぐだと文句をつけるのも悪い気がしてきてしまう。

「……さすが弁護士先生よね」

「なんで?」

「口が上手いから」

私の嫌みをこめた一言に、斎藤は「そんなことはないよ」と苦笑した。

でも、初めて会った時も会う約束をした時も、今日会ってからもずっと斎藤のペースにやられてしまっている。丸めこまれているというか……。

「だいたい弁護士って忙しいんじゃないの? こんなとこでケーキ食べている暇あるわけ?」

デザートブッフェの時は、仕事だって言ってた。実際スーツ姿だったし。土日も仕事することがあるなら、なんで大して親しくもない女と待ち合わせなんかしようとするのだろう。

「先週までは忙しかったけど、今日はちゃんとお休みです。普通に9時5時で帰れる日もあるし」

「随分波があるのね」

「依頼があってナンボの仕事だから、重なる時は大変だよ。逆に余裕のある時に暇だから仕事くださいって営業して回れる訳じゃないのが、辛いとこ」

基本的に何かトラブルがあって始めて成り立つ商売だからね、と言われれば確かにそうだ。

正しいことを言われると、何か言い返したいというか、困らせたい、なんて思ってしまうのは我ながら子供っぽいとはわかっている。けれど、なんとかこの目の前の男をぎゃふんと言わせたい。

「ふん、どーせ『異議あり！』とか言ってるだけでしょうが」

結局口から出てきたのはそんな文句にもならない一言だった。

ところがびしっと指を差してみせると、斎藤がぶふっと噴き出したもんだから、私の眦がつり上がる。

「私、そんなにおかしいこと、言った？」

「いや、よく言われるんだけど、笑っちゃった。ゴメン」

何よ、世間一般的な弁護士のイメージっていったら裁判で検察と戦う姿だと思うんだけど。

「言わないこともないけど、年に一度あるかないかってくらいだよ。それに指を差したりはしないなぁ。あれはドラマとかゲームの中だけの話」

普通はこんなもんかな、と斎藤は軽く手を挙げて見せる。

「そんなもんなの?」

年に一度あるかないかなんて、なんだか拍子抜けだ。

「そんなもんですよ。そもそも人の話はちゃんと最後まで聞かなきゃダメでしょ」

ああそうか。「異議あり」って使う時って、基本話を遮る時よね。

「なんかカッコいいイメージ持たれがちなんだけど、弁護士の仕事って意外と地味だから」

「どこが?」

「裁判の印象が強すぎるんだろうけど、弁護士の仕事の7~8割はデスクワークだよ。普段はひたすら書類作成ばっかり」

なんだか意外だ。ドラマの中の弁護士はあちらこちらへと走りまわっているのに。

「小林サンは仕事何してるの? 白衣着てたから、研究とかそっち系?」

「一応研究職ね。品質管理部」

「へえ、すごいじゃん」

「別にすごくもなんともないわよ。そっちの仕事と同じで地味なもん」

「まあどんな仕事も裏返せば地味だよな」

あれ? なんだか自然に会話出来ている。前一緒にケーキを食べた時は、お互い距離を探りながら話していたのに。今はそれすら無い。まるで智美や薫と話しているような感覚に、自分でも驚いてしまう。

そうこうしているうちに、注文した料理がやってきた。

オムライスは昔ながらの薄焼き卵に包まれているタイプ。ケチャップの甘酸っぱい匂いが、ぺこぺこのお腹をぐいっぐい刺激してくる。たまらず小さく「いただきます」と呟いて、スプーンで一口。

「んー！　美味しい！」

包んでいる玉子からはふんわりバターの香りがして、食感も見た目よりふわっふわ。ちょっと濃い目の味付けがされたチキンライスには、大きめの具がごろんと入っていて食べ応えがある。

あまりの美味しさにスプーンが止まらなくて、そのまま勢いよく食べ進めてしまう。だから斎藤のにやにや笑いに気付いたのは、オムライスを食べ終えようという頃だった。

しまった！　いやお腹空いてたのはあるけど、ここまでがつがつ食べちゃうなんて。

急に恥ずかしくなってスプーンを置くと、斎藤が不思議そうな顔で「どうした？」と尋ねてきた。

「もうお腹いっぱいになっちゃったか？　ここの美味しいけど結構ボリュームあるもんな」

「いや、そうじゃなくて……あんまり食べてるとこまじまじ見ないでよ」

「あ、そっか、ゴメン。小林サンがすっげぇうまそうに食べるからつい見ちゃった。ホント、いい顔で食べるよね」

「……そう？」

「バイキングの時もそんな感じだったからさ、俺も楽しくなっちゃって、普段よりも食べちゃったもん」

斎藤はそう言うと自然に私から視線を外してコーヒーを飲み始めたから、私も再びスプーンを取った。

私がオムライスを食べ終わる頃、もうひとつの注文品であるバナナオムレットが運ばれてきた。

「超美味しいケーキって、コレ？」

「そう、コレ」

こちらもオムライスと同様、スポンジ生地で生クリームとバナナを包んだオーソドックスな形だ。コンビニなんかでもよく売ってる。あんまり店によって差が出るようなケーキじゃないと思うんだけど。

そんな私の考えていることはしっかり表情に出ていたらしい。けれど斎藤はオムライスを薦めた時と同じ強引さで「まず食べてみてよ」と皿をこちらに押し出してくる。

フォークを入れると、あまりの柔らかさにまず驚いた。普通のスポンジ生地よりも手ごたえが無い。そして一口食べてもっと驚いた。

「……何これっ！」

口に入れた瞬間、ふんわりとした生地の感触と生クリームの優しい甘さが広がったかと思ったら、後からバナナの濃厚な甘さと香りが追いかけてくる。

「その辺で売ってるのとは全然違うでしょ」

得意げに言った斎藤のにやにや笑顔に腹立つどころか、あまりの感動でただ頷くことしか出来ない。正直オムライスで結構お腹いっぱいだったのに、ぺろりと平らげてしまった。

「美味しかった……」

極上のケーキの余韻を楽しみながらアイスティーを飲む時って本当に幸せ。

今まで食べたバナナオムレットの中ではもちろん断トツ1位だし、それどころかこれ食べたことのあるケーキの中でベスト3に入るくらい美味しかった。

悪いけどこんな古臭い喫茶店に、こんなにも美味しいオムライスとケーキがあるなんて、正直びっくりだ。

「このお店、どうやって見つけたの?」

「ウチの事務所から近くて出前もしてくれるから、親父の代から贔屓にしてるんだよ」

あ、なるほど、親子二代で通ってるなら、店構えに臆することなんかないもんね。

「そういえば、電話で言ってた報告って何?」

斎藤から切り出されて、当初の目的を思い出した。

「ああ、大したことじゃないわよ」

何しろ今まですっかり忘れていたくらいだし。

「あなたの個人情報がウチの会社の女の子たちに駄々漏れだってだけ」

「駄々漏れって……例えばどんな？」

「斎藤隆二、32歳。有名私大の法学部卒で、ウチの会社の顧問弁護士。学生時代はサッカーやってたスポーツマン。身長185㎝。お勤め先の斎藤法律事務所の所長はお父さんで、跡取り息子で、独身」

薫から聞いたまんまの情報をずらずら挙げると、斎藤は一瞬驚いたように目を見開いた。けれど、すぐに苦笑いへと変わる。

「そのくらいなら、別にいいかな」

「あらそうなの？　私なら見知らぬ人がこんなに自分の詳細情報知ってたら嫌だけどなぁ」

「いや、学生時代やってたスポーツとか身長まで知られてるのはちょっと驚いたけど、特別隠してる訳じゃないからね」

「ま、もてるお方は寛容《かんよう》ですこと」

やっぱり余計なお世話だったわ。やれやれ、全力疾走して損しちゃった。

……いやでもこんな美味しいお店を教えて貰ったんだからプラマイゼロ、かな。

ところがいい気分のまま店を出たかったのに、支払いで揉めることになってしまった。

斎藤が勝手に全額払ってしまったからだ。

「自分の分は自分で払うわよ」

「いいよ、最初に奢るって言ったでしょ」

「遠慮してるわけじゃないのよ。特別な日でもないのに奢られるのは好きじゃないだけ」

例えば私の誕生日だとかに、友達からご馳走してもらうことはある。でもそうじゃないのに他人から出してもらうのは嫌だった。大して親しくも無い間柄なら、尚更《なおさら》。

「じゃあ、今度別の店に行った時、ご馳走してよ」

「はぁ？」

斎藤からの突然の申し出に、間抜けな声が出た。

「いや色々行きたい店あるんだけど、男ひとりでケーキ屋って入りづらいからさ。よかったらまた付き合ってくれないかな、と思って」

駄目かな？　と瞳で問いかけられて、考えた時、智美から「スイーツ友達とでも考えれば？」と言われたことを思い出した。

スイーツを一緒に楽しむ相手としては、確かに斎藤は悪い相手じゃない。そしてここ最近、他の友達とはなかなか出かけられなくなっていることを考えれば、断る理由も無い気がした。

「……そういうことなら、まあ、いいわよ」

こうして私と斎藤はただの知り合いから、友達になった。

第四章　恋と友情と

携帯がバッグの中で震えて、メールの着信を告げる。来たな、と思って確認すれば予想通り、斎藤からのメールだった。

『早めに着いちゃったから、ちょっと座れるとこにいるわ。近くに来たらメールして』

斎藤はいつも約束した時間の10分以上前に待ち合わせ場所にいる。だからいつもこんな風なメールが来るのだ。

待たせるのは悪い気がして、一度私も時間よりずっと早く着くようにしたら逆に「こんなに早く来なくてもいいよ」と言われてしまった。早めに来て待っているのが好き、らしい。その割には時間になるまではベンチのあるところに移動していたりするんだけどね。

だから私は待たせていることは知っているけれど、なるべく時間ぴったりに行くようにしたり、待ち合わせには座れる場所を指定したりしている。

今日は斎藤おススメのクレープシュゼットを食べに行く予定だった。その店は目の前でフランベして仕上げてくれるってことで、すっごく楽しみ！

『OK。足腰大事にしてください』

年寄り扱いするとちょっと怒るんだけど、それが面白いので止められない。

週の中ごろになるとどちらからともなく誘い合って、いつしか週末を毎週のように一緒に過ごすようになっていた。だからこんな軽口も慣れたものだ。

こんなに急に仲良くなったのは、友人には既婚者が多く、ここ数年で週末付き合ってくれる相手が激減してしまったという斎藤に、親近感を覚えてしまったこともあると思う。やっぱり共通点があると会話も弾むよね。

私が可愛くて美味しいスイーツショップやカフェに案内すると、斎藤は私なら絶対に行かないような雰囲気だけど、これまたとっても美味しいお店へと連れて行ってくれる。男がケーキを食べていても平気な店を探し続けた成果らしい。

斎藤との付き合いは、馴染みの友達と過ごすのとも、慣れたひとりの時間とも、また違った楽しさがあった。

例えば私が可愛い物好きで、さらに手作りすることも大好きだと言うと、大抵薫のように「意外」だとか「似合わない」なんて返ってくる。言う方も悪気があるわけじゃないし、私の趣味を否定してるわけでもない。ただ、外見からは想像出来ないってだけだと、わかっている。

だけど斎藤の反応は全く違っていた。

「可愛いものが好きなんて、女の子らしくていいじゃん。俺からすると手作り出来るなんて尊敬しちゃうよ」

いくら友達と言えどこんな風に丸ごと許容されることってなくて、これが男友達ってやつなのかな、と感心したものだ。

私よりも6つ年上ということや、人と接する仕事からか、斎藤は私の無愛想な話し方や態度に動じないのも、今までそれで嫌われることが多かった分、すごく楽だった。

そりゃ何もかもが合うってわけじゃない。だけど斎藤は空気を読むのが本当に上手くて、私が「アレ?」って思った時にはフォローの言葉や行動がさりげなく提示される。

それがすごく心地よくて、嬉しくて……いつも不思議な気分になるんだ。

『もうすぐ着くよ』とメールして待ち合わせ場所へと向かうと、斎藤はいつものように壁にもたれて待っていた。

私に気付くと少しだけ首を傾げながら垂れた目をもっと下げるから、いつまで経ってもあのたれ耳の犬のイメージが抜けてくれない。

「お待たっ……きゃっ!」

駆け寄ろうとしたその時、側を通った人が引いていたキャリーバッグに躓《つまず》いてしまう。

「なーにやってんの」

危うく転びかけた私を、抱き止めるようにして斎藤が支えてくれた。

「そんな踵の高い靴履いてるからこけるんだよ」

確かに今日履いてる靴のヒールは８㎝、低くはない。でも今のはヒールのせいじゃない。

「こけたんじゃないもん。躓いただけだもん」

私が頬を膨らませると、斎藤は肩を竦めて言った。

「一緒だよ。小林サン背が高いんだから、ハイヒールなんて履かなくていいでしょ。最近はほら、ぺたんこ靴だっけ？　そういうの履いてる子も多いし」

「そういう靴は嫌いなの！」

「何で？」

「……踵のないバレエシューズとかって、すごく足が大きく見えるんだもん」

私の足は25㎝～25・５㎝のクイーンサイズ。だから靴を探すのはいつも大変だし、少しでも小さく見せるために努力している。

ヒールのある靴しか履いていないのはそのせいだった。私の錯覚かもしれないけれど、正面から足の甲が見えないってだけで、何故か足がべたっと横に広がって見える気がするのだ。

このこだわりのおかげで身長はもっと高く見えてしまうけれど、もうそちらはある程度諦めがついている。隠しようも誤魔化しようもないしね。

「別にいいじゃん」

「よくない！」

男にはわからない悩みかもしれないけれど、女には重大な問題なんです！

「……やれやれ、女の子は大変だね」

呆れた様に言うと、斎藤は私の頭をぐしゃぐしゃにかき回した。

「ちょっと！　それ止めてって言ってるでしょ！」

乱れた髪を直しながら睨むと、斎藤はいつも「ごめんごめん」と楽しそうに笑う。会うたびにこうやって頭、かき回されるんだよね。

斎藤はすぐに私を小さな子供みたいに扱う。そりゃ年下だけどさ、あからさまに子供扱いされるほどじゃないでしょうが。

「まったくおじいちゃんは、何度言っても覚えてくれないんだから。ボケちゃったのかしら？」

「……すみません。せめておっさんにして」

困ると八の字になる眉が面白くて、つい、子供扱いされたことの仕返しとしてわざとらしく年寄り扱いしてやる。

「じゃあもう止めてね？」

せっかくきちんと整えて来ているのに、台無しにされるのは癪だ。

自分の身体で自慢出来るくらい好きなところはどこかと問われたら、私は迷いなく「髪」と答える。天使の輪っかが綺麗に出るように、ちゃんと手入れしているんだから。

「俺とは違って小林サンの髪さらさらで気持ちいいから、つい、触りたくなっちゃうんだよ」

仲がいい相手限定だけど、私はスキンシップが好きだ。知らない人なんて絶対に触りたくないのに、心を許した人には自分から触れたくなるし、触られるのも全然平気。だから友達から「アンタはちょっと極端すぎるよ」と呆れられたこともあったりする。

普段は満員電車に乗りたくないってわざわざ早起きするぐらいだから、自分でも変だとは思う。心を許しているからこその甘え、なのかもしれない。

だから、髪を乱されるのは嫌だけど、斎藤の言い訳に悪い気はしなかったり、する。

初対面の時感じた触れられることに対しての嫌悪感も今は全然無くって、本当のところ、頭を撫でられるのは結構、好き。友達はみんな当たり前だけど私より背が低い。だからこんな風に頭に触れられることが、なんだか新鮮な感じがするから。

「それにしたって、仔犬もみくちゃにするみたいにしないでよ。今度そっちの頭ぐちゃぐちゃにしてあげようか？」

「それは勘弁して。朝寝ぐせ直すの大変なんだから」

なんて言いながら、今日も天パの髪があちらこちらへ飛び跳ねている。これでも直しているのね。

面倒なら短くしちゃえば？　と提案したら「頭の形が絶望的な程の絶壁」だから出来ないらしい。それを聞いてから絶望するほど絶壁って、どんだけ真っ平なんだろうってすごく気になってるんだけど。

「ん？　どした？」

問いかけられて、隣にいた斎藤の顔をじっと見てしまっていたことに気付く。こんなに高いヒールの靴を履いているのに、斎藤の視点は私のそれよりも上、だ。

「なんでもない。お店は近いの？」

「歩いて7、8分ってとこかな」

他愛ないことを話しながら、ふたり並んで歩き始めたその時。

「ゆーり先輩っ！」

背後から聞き覚えのある声がした。声の主を頭で検索する以前に、私を「百合先輩」と呼ぶのはひとりしかいない！

「なっ、なんでここにいるの？」

振り返ると案の定、そこにいたのは薫だった。

「なんでって、お買い物行くとこですよぉ。……先輩こそ、何してるんですかぁ？」

「何って、友達と出かけてるだけじゃない」

「友達、ねぇ……」

わざとらしく言葉を切ると、薫は斉藤に向き直り「どうもー」とにこやかに会釈した。その顔には笑みが浮かんでいるけれど、どう見ても瞳が笑ってない。

その不気味な笑顔のまま、薫は私ににじり寄ってくる。心なしか背後に、黒い影があるように見えるぞ。

「……先輩、嘘はいけませんよ」

「何が?」

薫には内緒にしていることはあるけど、嘘は吐いてない。いつかと同じようにしらばっくれようとしたけれど、薫の追及がそう簡単に収まってくれるはずもなく。

「斎藤さんと付き合ってないって言ったじゃないですか!」

「付き合ってないわよ。ただの友達だもの」

知り合い、から友達に変わりはしたけれど、ただの友達だ。胸を張って言えるぞ。それとも男友達ってすぐにこうやって彼氏だと疑われなきゃならないんだろうか?

「……ホントですかぁ?」

やれやれ、薫はこと恋愛に関してだけは本当にしつこいんだから。

「私たち、友達だよね?」

斎藤に確かめるように問いかける。すると苦笑いしながら「そうだね、付き合ってはいない」と認めてくれた。

ほら見ろ！　と薫に向き直ると、さっきまでの訝しげに光っていた笑っていない瞳が一転、驚いたように見開かれたかと思ったら、今度はきらきらと輝きだした。

……あれ？　なんか、私失敗したかも？

「じゃあ是非今度合コン！　お願いします！」

そう言ってがばりと薫が頭を下げたのは、もちろん私じゃなくて斎藤にだった。

「ちょっと薫！　いきなり何言ってんのよ⁉」

「だってお友達ならいいじゃないですか。紹介してくれって頼んでも先輩してくんないし」

「面倒なことは嫌いなの」

「ふーん、そんなこと言って、ホントは紹介出来ない理由があるんじゃないんですか？」

「それはっ……」

最初に頼まれた時とは状況が変わったんだよ！

でも都合の悪いことは内緒にしていたという負い目があるせいで上手く説明できない。

やむなく吐いたのはホントに小さな嘘なのに、まさかこんな風に綻《ほころ》びるなんて思っていなかった。

「別にいいよ」

「えっ⁉」

私が口ごもっている間に、斎藤はあっさりと薫の申し出を了承してしまった。

「ホントですかぁ⁉」

「ただなぁ、森山さん、失礼だけどいくつ？」

ところが嬉しそうな薫に、斎藤がちょっと戸惑いながら問いかける。年齢が何か引っかかるんだろうか。

それにしても一度しか会ってないのに、斎藤がちゃんと薫の名前を覚えていたことに驚く。私だったら絶対忘れてると思う。自慢にならないけど。

「23歳です！」

やっぱ若いなぁ、と斎藤は困ったように笑ったあと、続けた。

「メンツが俺の友人連中だから、みんな30過ぎのおっさんばっかりになっちゃうんだけど、それでもいい？」

あ、そっか。私と6歳違いだもんね。となると薫とは9歳も違うんだ。うわー、そりゃ話合わなそう。

ところが薫は「ぜんっぜん構いません！」とこちらもあっさりOKしてしまった。いいのかよ！

その後2人はてきぱきと連絡先を交換し、大体の開催時期と場所までを決めてしまう。

その間、私はただ呆然と見守るしかなかった。

「じゃ、連絡お待ちしてまーす。お邪魔しましたぁ」

約束をとりつけると、声をかけてきた時とはまるで違う笑顔で薫はあっさり去って行った。

「ち、ちょっと、いいの？」

あまりに急展開過ぎやしないか、と心配になってきた。ていうか、幹事が知り合いだとか友達同士ならともかく、ほぼ初対面同士で意気投合して合コンってありなの？　いやもう名前知ってるんだから知り合いにはなるのかな？

「何が？」

「何って、合コンよ。あの子本気であなたのこと狙ってくるよ」

「ああ、大丈夫だよ」

あまりにもあっさりした斎藤の態度にカチンとくる。

「……ふぅん、ならいいけど？」

本人たちがいいなら、私が口出すことじゃない。私に関係ない。そう思ったけど、何故か胸の奥がもやもやした。

「なんで私も行かなきゃいけないのよ」

もう30回は繰り返しただろう言葉をまた呟く。

「先輩、いい加減聞き分けてくださいよ」

その呆れたような言い方が余計腹立たしくて、私は薫をじろりと睨みつけたけれど、ちっとも効果はない。

本日薫と斎藤主催の合コンが開催されるってことは、斎藤から連絡があったから知ってはいた。でも私には関係ないじゃない。ところがなんとその合コンのメンバーに私が含まれていたのだ！

帰る間際に薫に捕まって初めて聞かされて愕然としてしまった。

「なんで私も行かなきゃいけないのよ!?」

「話が出た時先輩もいたんだから、メンバーに入ってるに決まってるじゃないですか」

「はぁ!?」

そう言われても、ふたりが直接連絡取り合っているんだから、どこに私が必要なのよ。いらないいじゃない。

「合コンに参加するって言った覚えも無いし、来てくれって頼まれてもいないのに勝手にメンツに入れるんじゃないわよ！」

「……だって先輩事前に言ったら絶対逃げるでしょ」

「うっ！」

それは、まあ、そうだろうけど。だからって突然言うのは反則だよ！

「先輩がいなきゃ駄目なんです！　もう諦めてください！」

いつになく強引な薫に、振り切って帰りたい気持ちを堪え、今回だけという条件で譲歩して来てあげたのだ。こうして文句を言うくらい、いいでしょうが。

「薫ー、お待たせ」

ぶつくさ言っていると、合コンのメンバーである薫の友達が合流する。類は友を呼ぶ、ということわざがあるけど、確かに薫と同じ雰囲気を持つ可愛い子たちだった。

つけまつげが影を作る目元は最新のメイクで彩られ、ふんわり色づいた頬に、グロスでつやつやと輝く唇。男受けしそうな清楚なワンピースやミニスカートがよく似合っている。対する私はどうだ。仕事帰りにそのまま引っ張ってこられたから、ボウタイ付きのドット柄のブラウスにジャケット、そしてひざ丈スカートという、いつもの通勤着スタイル。可愛げなんて欠片もないし、化粧だって疎かにしていない。

臨戦態勢でやってきた彼女たちと自分を比較するのは馬鹿らしいってわかっている。だけどこの状態じゃ比べたくもなっちゃうよ。

私を騙し打ちみたいにして連れてきた薫は、いつの間にかしっかりメイクも直してるし、服装も普段ならカジュアルめなのに、今日はしっかり合コン仕様のパステルカラーのツインニットなんか着てるのも、余計癪に障る。

そりゃ事前に言われてたら絶対に参加しないけど、身支度整える時間くらいくれたっていいのに。

「小林さんですよね！　どうも初めまして、今日はお世話になりますっ」

「ご紹介ありがとうございます！　楽しみましょうね！」

すでに薫から今回の合コンが私の紹介ということで話が通っているらしく、ふたりは顔を合わせるとにこやかに挨拶してきた。

「……そうですね。よろしく」

いくら人付き合いが苦手だって、初対面の何も罪の無い人間に喧嘩売るなんて出来ないから、文句も言えない。

……耐えられるだろうか。ただでさえ合コンなんて、大学時代に2～3回参加したっきりなんだけど。面識のない人ばかりに囲まれた久しぶりすぎる酒の席だってだけで眩暈《めまい》がしそうなのに。

はしゃぐ3人に引きずられるようにして会場である店に向かうと、店の入り口に見覚えのある人が立っていた。

「斎藤さーん」

薫が声をかけると、携帯をいじっていた斎藤は顔を上げて会釈を返してきた。薫の友達の「うわぁ、カッコいい」という呟きが聞こえる。

今日の斎藤は、見慣れた私服姿ではなく以前会社でばったり会った時のような隙のないスーツ姿だった。洗練されたストライプ柄のスーツは大柄な斎藤の身体にしっくりと馴染んでいるし、天パの髪も綺麗にセットされている。一日働いてきた後だというのにシャツにはヨレひとつない。

私の知っている斎藤は、直したと言いながらもあちこち跳ね回ってる髪に、ニットやカットソーにジーンズというラフな格好のイメージだ。

だからだろうか。まるで違う人を見ているような気分になってしまう。

「どうしたの？　中で待っていればいいのに」

見かけが違うだけで、中身が変わるわけじゃない。それを確かめるように問いかけると斎藤は携帯を手の中で弄びながら言った。

「ん、ちょっと仕事の電話来たから出てきたとこ」

ふにゃりと下がる目尻と緩んだ頬に、安心する。やっぱり私の知ってる斎藤だ。

「あらら、お疲れさま。忙しいなら無理して合コンなんか来なくてもいいのよ？」

おかげで私にもとばっちりがきちゃったんだから。

「何を言うっ！　この為に頑張って仕事終らせたんだぞっ」

「きゃっ！」

いつものようにぐしゃぐしゃと勢いよく頭をかき回される。

「もうっ、いつも止めてって言ってるでしょ！」

お洒落した女の子たちの前で何すんのよ！

「ごめんごめん」

笑いながら謝られてもちっとも謝られた気がしない。けれど薫やその友達の前で怒鳴り返すのも大人げなさ過ぎるから、少し頬を膨らませるくらいで勘弁してやるしかない。

「あの、他の方はもういらっしゃってるんですか？」

薫の問いかけに斎藤は「ああ、もう全員揃ってるよ。一緒に行こうか」と朗らかに答えると、そのままさりげない動作で私の肩を抱いた。あれ？　いつもならこんなことしないのに。

だけど僅かに感じた違和感は、これから始まる合コンへの憂鬱であっという間にかき消されてしまった。

「どうも、お待たせしましたぁ」

並んで座っていた男性陣と顔を合わせるなり、薫の声が一オクターブ上がる。

さすがと言うべきか、斎藤の友達もなかなか顔面偏差値は高めだ。そりゃ面食いの薫のテンションも上がるよね。

そういえば女の子モード全開の薫を見るのは初めてかもしれない。本来なら私は先輩らしく仕切ったりしたりしてあげなきゃいけないんだろう。でも自分のことで精いっぱいだ。

……援護射撃はしてあげられないけれど、最低限邪魔しないようにしなきゃ。さすがに気に入らないからといってこの合コンをぶち壊すようなことしちゃったら、人として終わってる。

そうは思いつつも知らない男の人と面と向かうことはやっぱり、しんどい。だから私が座った席の前には斎藤が座ってくれた時、かなりほっとした。このまま席替えとかはナシでいくといいんだけど。

「先に飲み物頼みましょうか？　最初はビールの方いらっしゃいます？」

緊張で半ば固まってしまった私とは対照的に、薫だけでなくその友達たちも、スイッチが入ったように笑顔を振りまきながらあれこれ気遣いを開始する。慣れている子はやっぱり違う。この場はやはり気合いの入っている彼女たちに全て任せてしまおう。

何かしようとか考えず、空気になってやりすごそう。そして適当なところで帰ればいいや。

「百合は？」

「へっ⁉」

甲斐甲斐しく動く女の子たちを眺めていたら、突然斎藤が私の名前を呼び捨てにした。これまで「小林サン」だったのに、まるでずっと昔から呼んでましたって風に。

「飲み物、何飲む？」

「あ、ああ、とりあえずビールで」

「じゃあ俺もビールかな」

私は思いっきり動揺しているのに、斎藤ときたら平然としているから、今のは聞き間違いかと首を捻ってしまった。いや別に名前で呼ばれてもいいんだけどさ。

自己紹介と乾杯が終わると、場が少しずつ解《ほぐ》れ始めてきた。そして料理がテーブルを埋め尽くし、おかわりを注文する頃には、すっかり気心のしれた間柄のような盛り上がりを見せるようになった。もちろん、私を除いて。

斎藤の連れてきたメンバーは大学の同級生と後輩で、弁護士なのは斎藤を含めてふたり、他ふたりは外資系の投資顧問会社勤めと公認会計士だった。

スーツの袖から覗く腕時計や壁際に置かれたバッグはさりげないけれど、男物に疎い私でも一目でわかる有名ブランドのものばかり。なるほど、皆さん稼がれてらっしゃるご様子。

「弁護士さんと会計士さんだったら、学部違いますよねぇ？　サークルか何かでお知り合いになったんですか？」

「そう、サッカー部繋がり」

「今はフットサルのチーム作ってやってるよ」

「ええー！　すごーい！」

「そういえばこないだサッカーのワールドカップ予選あったじゃないですかぁ。それでちょっとあれって思ったことあってぇ……」

私が心配するまでもなく、薫とその友達は男性陣と楽しそうに笑っている。職業の話から大学の話そして趣味の話、と相手が示した些細な情報から会話を広げていくそのテクニックにはただただ感心するしかない。

……ホント私って、他人とのコミュニケーションが下手なんだなぁ。自覚していたけれど、こんな風に再確認させられると、ため息しか出ない。それを隠すようにビールを啜る。

私がいなくちゃ駄目だと薫は言っていたけれど、私がいなくたって彼女たちも男性陣も全然平気そうだ。

なんで私が、なんて言葉がまた口から零れ落ちそうになる。久しぶりに飲んだ生ビールは美味しいはずなのに、なんだか味気ない。

だってひとりでいるよりも、こうしてたくさんの人に囲まれている方が、余計に疎外感を感じてしまうんだもの。

「……り、百合！」

いきなり斎藤から強い口調で呼ばれて、はっと我に返る。

「えっ、何？」

「何じゃないよ。髪、皿についてる」

「えっ、やっ、ああっ！」

知らず知らずのうちに、背を丸めて小さく俯きがちになっていたらしい。下ろしたままの髪の毛が料理の盛られた皿についてしまっていた。取り分けた自分の皿でよかった。

「全く、何してんだか」

苦笑いを浮かべた斎藤は、ひょいと手を伸ばすと私の髪をすくい取り、汚れたところをおしぼりで拭いてくれた。

「全く、百合はしっかりしてそうで、どっか抜けてるよな。よくこけるし」

「……そんなことないもん」

口を尖らせると斎藤は笑いながらまた私の頭をぐしゃぐしゃにかき回した。普段だったら子供のように扱われても平気。だけど今は覚悟していた疎外感や人と上手く交われない内弁慶さが頭に血を昇らせた。

「もうっ！　止めてっ！」

咄嗟に出た声は、思っていたよりも大きくて、盛り上がっていたはずの会話におもいきり水を差してしまった。しまった！　邪魔はしないって決めてたのに。

驚いたようにこちらへ向けられた皆の視線に耐えられなくて、私は「ちょっとお手洗いに行ってくる」と逃げるように席を立った。

「何やってんだろ、私……」

トイレの鏡の前で、大きくため息を吐いた。

やっぱり私がここにいること自体が、駄目なんだよ。そもそも私がいなくても皆全然困ってないし。特に斎藤には迷惑をかけっぱなしだ。

斎藤はみんなの会話に加わらず、料理を取り分けたり飲み物の残りを気にしたりと、何故か私の世話ばかり焼いている。私としては助かるけど、斎藤だって彼女がいないのだから、友達である私にばかりかまけていないで、合コンに参加するべきだし。

だって男性陣の中じゃどう見ても斎藤が一番のイケメンだから、他の女の子たちも斎藤と話したいはずだ。席に戻ったら薫に会費渡して帰ろう。

腕時計を見れば午後9時を回っている。合コンが始まったのは7時すぎ、2時間も付き合ったんだから、十分だよね。

「先輩、大丈夫ですかー？　酔っちゃいました？」

振り返ると薫がそっと入り口の扉から顔を覗かせた。確かに酔ってはいるけれど、飲んだのは生ビール2杯とカクテル1杯だから、前後不覚になるほどじゃない。

「ああ、大丈夫」

「ならいいんですけど、先輩……隠してるつもりかもしれないですけど、全っ然隠せてないですからね」

何ともない私に安心したのか、薫はトイレの中に入って来ると、呆れた様に肩を竦めながら言った。

「は？」

別に何も隠してないんですが。

「ラブラブなのはわかりますけど、ちょっといちゃつきすぎじゃないですか？」

「ラブラブって、誰が」

なんか最近薫とこんなやりとりばかりしている気がする。もしかして。

「誰って、この期に及んで何言ってるんですか。斎藤さんと先輩ですよ。もうこっちが恥ずかしくなっちゃうくらいラブラブじゃないですか」

もう我慢できなかった。

「だから付き合ってないって言ってるじゃない！」

自分でも驚いてしまうくらいに大きな声が出る。急激に頭に血が昇っていく。

「でも、先輩」

「もういい、帰る！」

扉の前に立っていた薫を押しのけるようにしてトイレから出た。

これまでも薫は何度も斎藤と私の仲を疑ってきた。そのたびに否定しているのにまだ言うか。恋愛至上主義もいい加減にしてよ！

斎藤は私にとって大切な友達だ。それ以上でもそれ以下でもない。最初っからずっとそ

う言い続けているのに、どうしてこんなに責められなきゃいけないわけ⁉

そもそも斎藤が私と付き合っているのなら、合コンになんて連れ出さないでしょうが。考えなくてもわかるじゃない。

「どうしたの？」

苛立ちを扉にぶつけて、勢いよくトイレから出ると、その前で斎藤が少しだけ困ったように笑っていた。どうしたの、なんて、それはこっちの台詞《せりふ》だ。

「ちょっと、先輩！」

薫が私を追いかけてトイレから出て、斎藤の姿を確認すると「先輩は鈍いですから、はっきりちゃんと言ってあげて下さいね！」と疲れた様に言った。

「薫、何言ってんのよ？」

はっきりも何も、友達宣言なら何度もしているじゃないか。

「了解。ごめんね、森山さん」

斎藤は申し訳ない、と拝むように片手を軽く挙げる。私にはよくわからないのに、このふたりの間では話は通じているらしい。

「ほら、百合行こう」

「行こうって……」

「合コンはもういいから、ふたりで飲み直そう。向こうには戻んなくていいから」

「でも、荷物」

言いかけると、そんなのお見通しだとばかりに私のバッグが差し出された。ってことは、そのつもりで斎藤は待っていたのだろうか。

「じゃ、私は戻りますね。皆には上手く言っておきますから」

あとは任せた、とばかりに薫はさっさと戻ってしまった。

本当に、いいんだろうか。そりゃさっきは帰る気まんまんだったけど、なんだか拍子抜けというか、気がそがれてしまったというか。

受け取ったバッグを抱えて逡巡していると、斎藤がいつものように眦《まなじり》を下げて優しく微笑みながら、今度は手を差し出してきた。

「行こう？」

気乗りしない合コンと、友達との飲み直しだったら、選ぶ方は決まってる。私は斎藤の手を取り、店を後にした。


考えてみれば斎藤と夜の街を歩くなんてことは、今まで無かった。会社で再会した時を除けば、週末の日中にしか会っていない、ごくごく限られた付き合いだ。

なんか変なの。最初はただ一緒にスイーツを楽しむだけの仲だったはずなのに。

私の手を引いて歩く男の後ろ姿は、今まで見て話して知った斎藤のどれとも違っていて、戸惑ってしまう。お酒のせいか、気持ちがなんだかふわふわして落ち着かない。

だけどタクシーに乗せられた後、はた、と気付いた。どこに行くつもりなんだろう。そんな遠い店なのかな。何しろ斎藤が運転手さんに告げた地名は、繁華街ではなくて住宅地のものだったのだ。

「どこ行くの？」

「俺の家」

「えっ!?　こんな時間に、お邪魔していいの!?」

私にとって、夜9時はもう深夜に近い。そのことは斎藤も知っているはず。

「これまで夜に友達の家へ遊びに行ったことない？」

「そりゃ、あるけど」

彼氏が出来る前は、智美や他の友達の家に泊まりに行ったことはある。もちろん私の家に泊めたこともある。友達と飲む時は、私がすぐに眠くなってしまうこともあって、家飲みすることが多い。

「俺だって友達なんだから、別に家で飲んでもいいでしょ。その方が落ち着くし、眠くなったら寝てもいいし」

「そうだね。じゃあ途中でお酒買って行こうか？」

「簡単なカクテルとかだったら家にあるので出来るよ。カルーアとか飲める？」

「飲める！」

家でカクテル作れるなんて、すごい！　私にとって家で飲むお酒は缶のビールやチューハイ、あとはせいぜいそのまま飲める梅酒とかだから、カクテルを家で作ろうだなんて思ってもみなかった。

どんなところに住んでいるのだろう。身につけているものから判断すれば、斎藤にそれなりの収入があることは容易に推察できる。気取ったデザイナーズマンションとかだったら笑ってやろう、なんて意地悪なことが思い浮かんだりした。

ところが斎藤の家は、築年数がそれなりに経過したマンションだった。エレベーターの型式や大きな葉っぱが特徴的な観葉植物が置かれたエントランスの雰囲気に多少の古さは感じたものの、綺麗に管理されている。

「意外？　古くてびっくりしたでしょ」

さりげなく私が周囲を見回したことに気付いたのだろう。斎藤は面白そうに問いかけてきた。

「うん、もっと小洒落たとこに住んでると思ってた」

「ここ、元々は親父が持ってた物件なんだ。今は兄貴の名義になってるけど、結婚したら手狭になったらしくて、俺に回ってきた」

成程、親の持ち物だから古いマンションに住んでるわけか。

言われて思い至ったけど、斎藤の名前は〝隆二〟だから、お兄さんがいるよね。部屋を借りるくらいだから、兄弟仲は良さそうだ。

そういえば私たち、仕事や趣味の話をすることはあっても家族の話はほとんどしたことがなかった。

私は家族、特に母と仲が悪い。でも家族と上手くいっていないなんて、他人に堂々と話すような話じゃない。だからこちらから家族の話題を振ったことはないし、それを斎藤も察していたのか、あえて訊いてこなかった。

「お兄さんとふたり兄弟なの？」

「いや、間に姉がいるよ。３人兄弟」

「末っ子なのに跡取りなんだ」

「まあね、上ふたりが好き勝手にしてくれたおかげで、苦労した」

自転車のベルに似たエレベーターの到着を知らせる音がエントランスに響く。それで会話が中断してしまった。

並んで乗り込みながら不思議に思う。そりゃ弁護士なんて努力しなきゃなれない職業だから苦労もあるだろうけど、上ふたりのせいってのがわからない。

「ほい、どうぞ。かなり散らかってるけど」

「お邪魔しまーす」

革靴とスニーカーが乱雑に並んでいる玄関をぬけて部屋に入る。確かにあまり広い感じはしないけれど、言う程古くも感じなかった。壁紙なんかはリフォーム済みなのかもしれない。

「ま、適当に座ってて、今作るから」と斎藤はスーツの上着を脱いでソファに放り投げると、キッチンへ行ってしまった。

通されたリビングは、散らかっているという言葉から想像したよりはずっとましだった。斎藤の言う「散らかっている」もの、それは大量の本。

壁一面が本棚になっていて、その真ん中をくりぬくようにテレビがあり、それに向き合うようにローテーブルと大きなソファが置かれている。その脇には、本棚に入りきらなかったのか、ハードカバーに、分厚い専門書、さらに雑誌や文庫、あらゆる本がタワーのように積み重ねられていた。さらにそんなタワーが部屋のあちこちに出来ている。

本棚のラインナップはほとんどが仕事関係の専門書のようで、背表紙を見ても私にはちんぷんかんぷんだ。どうやらあまり分類をしていないらしく、そんな専門書の間に私でも知っているベストセラー小説が挟みこまれていたりするのが、ちょっと可笑《おか》しい。

以前読書が趣味だということは聞いたことがあったけれど、ここまでとは思わなかった。でも、ちょっとは整理すればいいのに。

「本すごいね」

キッチンにいる斎藤に声をかけると「本棚に入ってるのはほとんど兄貴の本だよ」と返って来た。そっか、家主であるお兄さんのものなら勝手に処分するわけにいかないか。

壁掛けにハンガーが2つあったから、斎藤が放りだしたスーツの上着と、ついでに私のジャケットもかけさせてもらう。まったく、せっかくいいスーツなのに、乱暴に扱ったら皺になっちゃう。

「ほい、お待たせ」

ソファに座って転がっていた文庫本を眺めていたら、ネクタイを緩めた斎藤が、グラスを持ってキッチンから出て来る。

当たり前だけど斎藤は私の隣に腰を下ろした。不意に近づいた距離に、なんでか胸がざわつく。だけど何でもない顔をしてグラスを受け取った。

「ありがと」

渡されたのは薄茶色したカルーアミルク。一口飲むとコーヒーの香りとこっくりとした甘さが喉を通りすぎていく。

「そういえばさっきの話だけど、上ふたりが好きにしたから苦労したって、なんで?」

胸のざわつきを誤魔化すように問いかけると、斎藤はああ、あれね、と呟くとびっくりするようなことを言った。

「元々は俺、弁護士になんてなるつもりなかったんだよ」

「そうなの?!」

「兄貴とは8歳、姉さんとは7歳離れてるんだ。そんで上ふたりがこれまた優秀でさ、俺は末っ子だし、全然期待されないでのほほんと育ったんだけど」

高校に入学するまでは、サッカーに夢中で家業のことなんて他人事だった。それが一変したのはお兄さんとお姉さん双方が司法試験に合格したはいいものの、両親の望んだ道に進まなかったからだという。

「兄貴は『親父とはやりたいことが違うから』って留学したあとそのまま外資系の事務所に勤めちまった。今はアメリカと日本行き来するような生活してる」

なるほど。国際弁護士って感じなのかな。

「お姉さんは?」

「姉さんは『自営じゃなくて、安定してる公務員がいい』って裁判官になったよ。転勤で全国飛び回ってる」

転勤は大変だけど、裁判官ってことは国家公務員だから、自営業よりは安定しているよね。

「そんで俺にお鉢が回ってきたってわけ。頼りになるのはお前だけだ、って親父に頭下げられたら頑張るしかないでしょ。もう死ぬほど勉強して、弁護士になった」

なるほど、そういう事情があったのか。

「なんか、ゴメン……」

やっぱり安易に家族のことは尋ねるものじゃない。項垂れた私に、斎藤は少し笑いながら言った。

「別に兄貴や姉さんと仲が悪い訳じゃないし、最終的に選んだのは俺だから納得してるよ。でも、もう一度司法試験受けろって言われたらさすがに断るけどね。もうあんなに勉強したくないよ」

肩を竦めた姿に、試験勉強の大変さが見えた気がした。文系資格の最難関だもんね。

「百合は兄弟いるの？」

「私はひとりっ子。……兄弟、いれば何か違ったかもしれないけど」

もしも兄弟がいたら、母ともう少し上手くやれていただろうか。

「何が？」

「ん、何でもない。これ、美味しいね！」

あまり家族のことは訊かれたくなくて、わざとらしくグラスを掲げて見せた。仮定の話なんて考えても仕方ない。

「牛乳とリキュール混ぜるだけだから、誰でも出来るよ。カシスもあるから次はカシスソーダにしようか？　オレンジの方がいい？」

「なんでそんなにリキュール持ってるのさ」

「カルーアはたまにアイスにかけて喰ったりするんだよ。寒い時にはホットにして飲んだりね」

なるほど、そういう楽しみ方もありだね。

「ソーダとかオレンジジュースも常備してるんだ？」

「だって無性に飲みたくなる時あるんだよ。缶のカクテルだとアルコール度数低すぎて、ちっとも飲んだ気しないし」

「お店で飲めばいいじゃない」

「大の男がカシオレとか外で頼めないでしょ」

「見栄っ張り」

そんな斎藤の手の中にあるのは、琥珀色。見た感じブランデーかウイスキーの水割りみたいだ。

「うん、見栄っ張りなの。ホント、百合には格好悪いとこばっか見られてるな」

「そうね、最初は甘いもの食べたさにナンパだもんね」

「うっさいわ」

格好悪いっていうか、間抜けっていうか。最初の必死な斎藤を思い出すと、笑えてくる。

「……百合はさ、俺のこと情けないと思う？」

突然斎藤が変なことを言いだした。

「は？　別に思わないよ。いいじゃない、外見と嗜好が違っても」

私も外見と趣味が似合わないって散々言われている。だからお互いさまだ。普段きりっとしているのにプライベートでは甘いものが好き、なんて逆に可愛いと思う。

「じゃあ、嫌い？」

「何よ急に」

「いや、真面目な話。嫌い？」

尋ねてくる声は真剣なくせに、どことなく嗤《わら》うような自虐的な雰囲気を孕《はら》んでいて、どう返していいか困ってしまう。私、もしかして地雷踏んだ？　でもこのくらいのやりとりっていつもしてたと思うんだけど。

「嫌いなわけないじゃない」

嫌いだったら毎週末会ったりするわけないし、こうして家に来て仲良く飲んだりなんか絶対にしない。

「俺のことって、どうでもいい？」

「はぁ？　なんでそうなるの？」

どうでもいいわけないじゃない。一体何を言いたいのかわからなくてイライラしてきたから、一言ガツンと言ってやろうと斎藤に向き直る。

「いい加減に……」

言いかけた私の言葉を止めたのは、斎藤の瞳だった。いつもなら穏やかな光を湛《たた》えているはずなのに、今は、違う。

普段を喩えるならば、それは静かな湖畔。だけど、今はまるで荒れ狂う海のように、見たものを本能的に畏れさせる何かに変貌している。その瞳を見た瞬間、私は金縛りにあったみたいに身動きが取れなくなってしまった。

斎藤が、私の手の中のグラスを取りあげて、そっとローテーブルに置いた。

「じゃあさ、百合」

真っ直ぐに見詰められたまま、斎藤がまるで懇願するように最後の言葉を口にした。

「俺のこと、好き?」

こんな風に言われたら、経験なんて全く無い私だって、わかった。

斎藤が訊いてきたのは「Ｌｉｋｅ」じゃなくて「Ｌｏｖｅ」だ。

いつから斎藤は私のことをそういう対象で見ていたのだろう。なんだか私一人理想の男友達をゲットできたって浮かれていたみたいで、急に私の方が情けなくなってくる。

脳裏に今まで見てきた斎藤の、色んな姿が思い浮かんだ。ケーキを嬉しそうに食べる姿、私の頭をぐちゃぐちゃにして笑いながら謝る姿、優しく話しかけてくれる姿。困ったように微笑む姿。そのどれもが私の胸を掻き乱す。冷静になんて、考えられない。

「わ、私……」

好きか嫌いかで問われれば、好きとしか言えない。

だけど、わからない。

これは友達としての「好き」なの？

それとも、智美や薫が語っていた恋の「好き」なの？

今まで経験したことのない感情を、私は判別できない。

唐突に突きつけられた問いかけとはいえ、答えは2つから選べばいいだけ。

すごく簡単なはずなのに、選べない。

――だからそのまま、正直に答えた。

「……わかんない」

「……そっか」

斎藤がグラスを傾ける。かろん、と氷が軽やかな音を鳴らした。

「なら、試してみよっか」

「試す？」

「そう、目を閉じてみて」

試したら、この訳のわからない気持ちははっきりするのだろうか。縋るように私は言われた通りに目を閉じた。

湿った柔らかいものが、唇に触れる。ふわっと洋酒特有の、果物に似た香りがした。

その香りの余韻が消えるまで、どうしてか目を開けることはできなかった。ようやく重い瞼を開けると、斎藤はあのたれ耳の犬を思わせる表情でこちらを見ているだけで。

キス、された。

「……どう？」

「どうって……」

じわりと汗が滲むように、動揺が身体の奥からやってくる。だって、私にとってこれはファーストキス、だ。思い至った途端、急に頬が熱くなって、それを隠すように俯いた。

何これ。すっごく、すっごく恥ずかしいんですけど！

「嫌じゃなかった？」

「嫌じゃ、ない……」

そう、嫌じゃないんだ。ただ驚いただけで。なのになんでこんな変な気分になるんだろう。ドキドキして、落ち着かない。多分今、私の顔、真っ赤だ。

今までただの友達だと思っていたのに。いつの間に私はキスされても平気な程斎藤を受け入れていたんだろう。それはつまり……！

「百合、顔上げて」

「ヤダ」

斎藤の大きな手が、俯いたままの私の頭を撫でる。いつもするように乱暴にかき混ぜる

のではなく、髪を梳《くしけず》るように優しく。

その感触が心地よくて、強張っていた身体から力が抜けた。その瞬間、後頭部を引き寄せるようにして抱き締められる。

「嫌じゃないならさ、百合は俺のこと好きってことだよな?」

「……わかんない!」

なんとなく素直には認めたくなくて憮然と言い放つと、斎藤は喉の奥を鳴らすように笑う。

「とりあえず、それでいいよ。俺は百合のこと好きだから」

顎を摑まれて、強引に顔を上げられた。そして軽く伏せられた瞼が再び近づいてきた時、どうすればいいか、私はもうわかっていた。


小鳥のさえずりのような音をさせながら、斎藤の唇が私に降ってくる。鼻先や頬や額、それに耳にまで。目を閉じているから次どこに触れられるかわからなくて、それがじれったくて、もどかしい。触れられたところから熱が湧き出して、波紋を描きながら全身に広がっていく。

熱い。これはお酒のせい? いや、違う。斎藤のせいだ。

ようやくまた唇同士が合わさったと思ったら、勿体ぶるように舌先でなぞられたり、優しく触れるだけ。焦らしているのかな。何もかもが初めての私にはどう反応すればいいかわからない。私の知っているキスなんて、映画なんかで見る程度だ。

手さぐり状態で曖昧な感触と洋酒の香りを追いかけるように緩く口を開けると、それを待っていたのか、するりと舌が私の中に入り込んで来る。

「んあぁっ……」

さっきまでのもどかしさが嘘みたいな激しさで、斎藤は私の口腔を蹂躙《じゅうりん》し始めた。今度は息も出来ないくらいに強く吸われて、ざわりと肌が粟立つ。絡められた舌が、擦れ合うたびに力が抜けていく。

「百合」

唇を触れ合わせたまま、斎藤が私の名を呼ぶ。それを酷く甘く感じるのはどうしてだろう。

そろそろと瞼を開ければ、これ以上ないってほど近くにある斎藤の瞳には、私が映っている。それを確認した途端、ぞくりと寒気にも似た感覚が背筋を走り抜けた。

何これ。

こんなの、知らない。怖い！

「……やぁっ」

咄嗟に逃れようと身を捩《よじ》り、両手でその胸を押してみても、びくともしない。それどころか、なお一層強い力で引き寄せられて、抵抗を封じられてしまう。

唇を優しく食まれたと思ったら、すでに遠慮も躊躇も無くした舌が、私の中を余すところなく味わっていく。どちらのものともわからない唾液が、口の端から零れて首筋を伝う。その微かな感触にさえ、身体が震えた。

「……百合」

再び名前を呼ばれる頃、もう私は自分で指一本動かせない状態になっていた。身体は火照ってどうしようもなく、熱い。まるで斎藤の唇が、私の身体の隅々にまで火を灯してしまったかのようだ。

「向こうに行こっか」

向こう？　どこに行くの？　言葉の意味を理解出来ないままに頷くと、斎藤は垂れた目尻をもっと下げて微笑んだ。

私の膝の裏に手が差し込まれ、勢いをつけて抱き上げられる。

「ひゃっ！」

子供を抱き上げるみたいに、軽々と持ち上げられて、驚いてしまう。だって私、身長が平均以上だから、もちろん体重だって平均以上あるんだよ。だ、大丈夫なの!?

「ん、どした？」

見上げた斎藤の顔に、無理をしている様子は無い。……ならいいか。

頭を胸に預けると、緩めたシャツの襟から、大きな喉仏が見える。物心ついてから男の人の腕の中にいるのも初めてだ。……斎藤は、私の一番近くに、来ようとしている。

抱きあげられたまま、引き戸で仕切られていた隣の部屋へと移動すると、そこは畳敷きの部屋で大きなベッドが置かれていた。肌ざわりのいいシーツの上に優しく下ろされると、ぎしりとマットレスが沈む。

斎藤は私から離れると、枕元にあった丸いランプを点け、リビングと繋がっていた戸を閉めた。途端に全ての音が消えてしまったように感じて、急に自分の心臓の鼓動がやけに耳につく。

これから、どうなるのか。いくら経験が無くったって、さすがにここまでくれば、次の展開——男と女が何をするかぐらい、想像がついてしまう。

緩められていたネクタイを斎藤は勢いよく引き抜き、ワイシャツの袖のボタンを外し始めた。ぼんやりとオレンジ色の光で照らしだされる空間は、明るかった隣の部屋とはまるっきり違っていて。

斎藤と、全てをさらけ出して、抱きあうんだ。

そう思った瞬間、脳裏に浮かんだ感情は、恐怖だった。

嫌なんじゃない。ただ、怖い。

未知のものに触れる時には誰だって感じるだろう緊張と共に、足元からひたひたと迫ってくる。

逃げ出したい気持ちはある。だけどこの先を知りたいと望む気持ちも、ある。

矛盾した2つの気持ちが心の中で天秤にのせられてぐらぐらと揺れている。

私は一体どうすればいいんだろう。迂闊にも何の覚悟も決意もしないまま、ここまで来てしまった。

「百合」

ワイシャツの前を肌蹴させた斎藤に名前を耳元で囁かれただけで、私の心臓は張り裂けそうな程動きを速める。これからどうなってしまうの？

そっと斎藤の手が私の髪に触れて、反射的に身体がびくりと震えた。

――――きた！

咄嗟に衝撃に備えるようにぎゅっと目を閉じて身構えてしまう。

ところが斎藤の手は宥めるように髪を撫でるだけだった。

さらさら、さらさら。

手が動くたびに衣《きぬ》ずれにも似た音が、耳をくすぐる。先程見せた激しさじゃなくて、いつもの穏やかさを見ることができて、なんだかすごくほっとした。

おずおずと閉じていた瞼を開くと、斎藤が微笑みながら私を見下ろしている。

「百合の髪、ホント好きだよ。見るたんびに撫でたくてうずうずしてた」

「……だからいつもぐちゃぐちゃにしたの？」

「うん、ごめん」

斎藤は髪をひと房すくい取ると、恭しく口づけた。愛おしくて堪らない、という風に。

「じゃあ、そっちのも触らせて」

私だって、斎藤のふわっふわなくせっ毛に、触ってみたいと思っていたんだ。

「いいよ。そっちとかアンタとかじゃなくて、名前で呼んでくれたら」

「名前？」

言われてみれば今まで斎藤のことをきちんと名前で呼んだことが無かった。2人きりで会っていれば、名前で呼ばなくても事足りてたから。

「そう。隆二って、呼んで」

「うん……、隆二」

名前を呼んだ瞬間、斎藤は顔をくしゃくしゃにして笑った。

なんだ。こんなことで喜んでくれるんだ。そう思ったらなんだかさっきまで天秤に乗せられて揺れていた気持ちが、あっさりと落ち着いてしまった。

もしかしたら、これが好きって気持ちなのかな。斎藤、いや、隆二が喜んでくれるのが、すごく嬉しくて……可愛くて仕方ない！

そろりと隆二の髪に手を伸ばす。ワックスがついた髪はごわついていて、思っていたような感触ではなかったのが、ちょっとがっかりだ。

絶望的な絶壁とやらを探るべく、後頭部へ触れようとすると、やんわりと手を取られた。

「百合、好きだよ」

今度の口づけは、触れるだけじゃなくて、じわりじわりとゆっくり浸透していく様な、そんな感じだった。優しく唇を食まれたあと、舌がそろりと侵入してくる。

「んんっ……！」

歯茎を撫でられて、思わず洩れそうになった声は、隆二に吸い取られてしまう。時折角度を変えながら延々と続けられる口づけは、少しずつ激しさを増していき、私は必死に息を継ぐのが精一杯。

「あっ……」

ちゅ、と名残惜しそうな音を残して、隆二の唇が離れた。すると今度は顎の輪郭をなぞるように舌がゆっくりと移動していく。それが首まで来たらなんだかくすぐったくて身を捩ると、隆二が上目遣いに私を見ながらふっと笑ったのが、わかった。

「ここ、好き？」

「わかん、ない……」

「百合の好きなとこ、教えて？」

「好きなとこ……」

好きなとこってどうなるとこなの？　なんて尋ねたら呆れられないだろうか。今まで気にしたことなかったけど、そもそも26歳で処女って普通じゃないよね。隆二の質問だって、経験あること前提って感じだし。

「わかんないよ……」

するとと隆二はくっと喉を鳴らして笑うと「じゃあここは好き？」ブラウスごしに、手のひらで私の胸を包みこんだ。

「あんっ」

感触を確かめるように揺すられて、また声が出る。普通の、経験のある女の子は、胸を触られるのが好きなのかな。

一応、初めてだって伝えた方がいいんだろうか。でも、それで面倒だとか思われたら、どうしよう？　でも経験豊富な女を装うには、準備が足りなさすぎる。ここは正直に、言うしかない。

「隆二……」

私がベッドに手をついて上半身を起こすと、隆二は「どうしたの？」といった風に眉を動かしたけれど、身を起こしてこちらに視線を合わせてくれた。よし、言うぞ！

「あのさ、私……ホントにわかんないの」

「何が？」

「……好きなとことか、ここからどうしたらいいかとか……とにかく全部」

隆二の目が驚愕で見開かれる。

「それって……」

「ごめん。……初めて、なの。実は、キスも、さっきのが、初めて……」

言いながらも不安でいっぱいになって、最後は尻すぼみになって俯いてしまった。やっぱり怒るかな、面倒な女だって、思うかな。

「百合」

名前を呼ばれてこわごわと隆二の様子を窺うと、隆二は怒ってなかった。それどころか、蕩けそうな笑顔で私を見つめていた。

「怒んないの？」

「何で怒ることあるのさ。むしろすっごく嬉しいよ」

「本当？」

「本当」

その言葉を聞いた時、鼻の奥がつん、と痛んだ。やばい、泣いちゃいそう。なんとか堪えようと目を瞬かせていたら、隆二の大きな手が私の頬を包みこんだ。熱を測るみたいに、額と視線を合わせてくれる。

「百合の初めて、全部俺が貰っちゃっていい？」

「……いいよ」

でも恥ずかしくて、わざとらしく視線を逸らしながらそっけなく言ったら、目を細めた隆二からは確認のようにキスが降ってきた。

……ねえ、隆二、伝わったかな。私はあなたを全部受け入れるって決めたんだよ。

しゅるりとブラウスのボウタイが解かれ、その下のボタンも一つ一つ外されていく。自分の服が他人の手で脱がされていくことが恥ずかしくて「自分で、やる」と手を伸ばしたら、やんわりと拒否された。

「だーめ。俺の楽しみを奪わないでよ。それにさっき、初めては全部貰うって言ったろ？」

「うっ……」

それはそうなんだけど、落ち着かないじゃない。自分でワイシャツ脱いだ時はささっと外してたくせに、私のボタンはやけに勿体ぶって外して、さらに楽しそうなのが、なんか悔しいんだ。

この期に及んで隆二に身を委ねることが嫌なんじゃない。ただ私はどうしたらいいのかわからないのに、隆二は余裕たっぷりなのが歯がゆい。

なんて思っていられたのは、ブラウスに覆われていた肌が晒されるまでだった。

「ひゃんっ！」

不意に隆二の吐息が下着で隠されていない肌にかかる。たったそれだけの刺激で、身体がびくんと跳ねた。

「ぁん……」

温かく濡れたものが肌を撫でたと思ったら、首筋から鎖骨を辿り、そして胸へと艶めいた感触がゆっくりと私を味わうように滑っていく。その様から目を逸らしたくても、逸らせない。ちらりちらりと上目遣いにこちらを見る隆二の視線が、私を捕えて離してくれない。

やめて。

見ないで。

強烈な羞恥に全身がかあっと熱くなる。きっと今の私、耳の先まで赤くなっているに違いない。だけど私自身、隆二から視線を外すことが出来ないんだ。

隆二が動くたびにくすぐったいような、痒《かゆ》みのような感覚が湧いてきて、私の意識を少しずつ侵食していく。

「やっ……」

袖を引っ張られてブラウスを脱がされた。あとは私の上半身を隠すものは下着だけ。

露わになったブラジャーのカップの縁に指がかけられると、まるでこぼれ出るように頂きが顔を出した。だけどそこは膨らんで立ちあがっているようにも見える。

なんで？　まるで私の身体の一部じゃないみたいだよ！

「や……」

「どうした？」

「な、なんか、変じゃない？」

「どこが？」

「だ、だって、こんなただ大きいだけのボールみたいな胸……変でしょ？」

するとと隆二は少し驚いたように眉を動かしたあと、ふっと目を細めた。

「大きくて、張りがあって、すごく魅力的だよ」

「ひゃっ！」

咄嗟に隠したくなって動いた手は間に合わず、隆二の指が悪戯するように、私の胸をつついた。弾みで乳房がぷるんと揺れる。

「……とっても可愛い」

そう呟くと、剥き出しになった胸の先端を、隆二は舌で包みこむように舐め上げた。今にも溶けてしまいそうなアイスクリームを舐め上げるように。

「あぁ……」

ぞくぞくと寒気に似た感覚が、触れられたところから広がっていく。

「やあぁぁぁっ！」

そして舌先が頂きを弾くように離れた瞬間、今まで体験したことのない衝撃が私の身体を走り抜け、口から悲鳴にも似た声が零れ落ちた。

自分の声なのに、それが余計に私の羞恥心を煽っていく。恥ずかしくてたまらなくて、息を止めるように手で口を覆った。ところが「声我慢しちゃ駄目だよ」と隆二にどけられてしまう。

「ど、して?」

こんな、変な声出したくないのに。なんか自分が別のおかしなものに変わってしまったみたいで、嫌だよ。

「百合はどこが気持ちいいのかわからないんでしょ? 男は女の子のどこが気持ちいいのかは声で判断するんだよ。だから声はちゃんと聞かせて」

「……ん」

そう言われてしまったら、どうすることも出来ないじゃない。本当にこれでいいの? 私間違ってない? これまで耳にした友達たちの話を必死で思い出しても、そんなこと誰も教えてくれなかった!

「あんっ……ああっ!」

熱く湿った隆二の舌先が、頂きを包みこみ、転がすように突く。舌が動くたびに、電流が走ったような衝撃が背筋を走りぬける。

「ひっ……ああんっ」

強すぎる刺激から逃れようとしてか、びくびくと勝手に身体が動いた。弓なりにしなった背を、隆二が支えてくれなければ、そのまま倒れ込んでいただろう。

不意に胸を締めつけていたブラのホックが外される。身動きしたせいで肩紐がずり下がって、今やただ引っかかっているだけだ。隆二はそれをあっさり取り払うと、そのまま私をベッドへ押し倒した。

「やあぁっ、あぁぁっん！」

乳房全体を持ち上げるようにして揉みしだかれ、同時にもう片方の頂きを指で捏《こ》ねまわされ、あまりの刺激に、訳がわからなくなる。

「百合」

「な、に……？」

名前を呼ばれて視線を向ければ、自分の胸の先端が濡れててらてらと光っているのが見えた。さっき見た時よりも赤く、まるでぷくりと腫れているみたい。

「んぁっ……」

ふうっ、とそこに吐息を吹きかけられただけで、びくりと身体が動く。散々舐めしゃぶられた胸は、荒くなった呼吸のせいでせわしなく上下している。

「あぁぁあっ！」

隆二が私に見せつけるように、ゆっくりと舌を動かす。先端の色づいた部分の境目をなぞるように、円を描くように。

「やぁっ、あっ、あぁぁぁっー！」

最後に舌先で頂きを弾かれて、悲鳴のような声が溢れ出た。ただ唇で、舌で触れられているだけなのに、なんでこんなに息が乱れるんだろう。身体が熱くなるんだろう。どうして……気持ちいいと感じてしまうんだろう。

「可愛い」

隆二は頬にちゅっと音を立ててキスをすると、はだけていたワイシャツとアンダーシャツをむしり取るように脱いで放り投げた。

そして露わになったのは、汗に濡れた男の身体だった。大柄な体格に見合う筋肉で包まれたたくましい肩や二の腕、そして厚い胸板。

ただ服を脱いだだけなのに、そこに壮絶な男の色気を感じて、眩暈がした。

「百合、腰、上げて？」

言われるがままに僅かに腰を浮かせると、するりとスカートが引き抜かれた。

もう裸も同然な格好に、今更だけど快感によって向こうに追いやられていた恥ずかしさが猛烈に湧いてきて、隠すように太ももを擦り合わせ、そっと胸を手で覆うと、隆二はふっと目を細めた。

「可愛い」

蕩けるような笑顔で、隆二は「可愛い」と言う。だけどどうしてか言われるたびに、私の中で微かな抵抗が生まれるのだ。

「可愛く、ないもん」

きりっとしてるとか、カッコいいとか、クールだとかは言われたことがある。だけど可愛いなんてそれこそ親にすらこれまで言われた記憶が無い。背も高いし、骨太で、ちっとも女の子らしくない。

私が自分の髪に気を遣うのは、それが唯一女の子らしいと胸を張れる部分だからだ。

「そんなことないよ。百合は俺の知っている中で一番可愛い女の子だよ」

慰めるようなキスが降ってくる。優しく啄《つい》ばむように唇を甘噛みされた。するとあっさりと隆二を迎え入れるように私の唇は綻んでしまう。

「んっ……んぁっ……」

僅かな空気を分け合うように、深く浅く続く口づけを私は必死で受け止めているというのに、隆二の指が妖しく動き始めた。わき腹を撫でたかと思ったら、そのまま先程散々いじめられた胸へと伸びていく。

待って、いっぺんにしないで！　おかしくなっちゃうから！　だけどそんな言葉は当然隆二に吸いとられてしまう。

「んふぅ……あっ……んんっ」

手のひら全体で胸を捏ねまわされながらも、指先で先端を弄《いじ》くられる。その刺激は先程までの艶めいた感触とはまた違う強さや激しさをたっぷりと私に刻みつけていく。

「んぁあっ……あんっ！」

次第に触れられた部分がじくじくと疼くように熱を帯びてきた。そのせいか体温はどんどん上がり続け、とっくに思考回路は麻痺してしまっている。正常に働いてくれない頭の中で、これはいつまで続くの？　そして最後はどうなるの？　そんな疑問がぐるぐると回る。

「こんなに俺で感じてくれてるのに、可愛くないわけないだろ？」

……いっぱい気持ち良くなった方が、隆二は喜んでくれるんだろうか。可愛いって思ってくれるんだろうか。こんなに馬鹿みたいに声を上げて、なされるがままになって、ものすっごく恥ずかしいのに。

「あっ……」

隆二の唇が離れていくのを寂しいと感じる間もなく、それは首筋を伝い、ゆっくりと下へと降りていった。

「ひぅっ……はぁん……」

胸の谷間を伝い、おへそをくすぐり……辿りついたのは、辛うじてショーツによって覆われている場所。いや、そこはっ……！

「だめぇぇえっ！」

止める間も無く、ショーツは勢いよく引き下ろされてしまう。慌てて隠そうと伸ばした手は隆二に遮られて、届かない！

せめてもの抵抗、として最奥を見られないように閉じた太ももに力を入れると、ぬるり、と何かが滑るような感覚がした。それは快感の証と言うにはあまりにも生々しすぎて、愕然としてしまう。……私初めてなのに、こんなになっちゃうの!?

「や……」

とんでもない恥ずかしさといたたまれなさで、目尻に涙が滲む。おかしいよ、私変だよ！

「百合、何にもおかしいことは無いよ？　これが普通、当たり前」

私の怯えを察したのか、隆二が上目遣いに微笑みながら言う。

「ほんと……？」

「本当。だから百合の可愛いところ、もっと見せて、ね？」

けれど優しい口調とは裏腹に、私を見つめる隆二の瞳はまるで肉食獣のような有無を言わせぬ猛々しさが光っていて、私の反論を封じてしまう。

覚悟を決めて下半身の力を抜くと、足が割り開かれる。顔を隠すことも許してもらえないのだから、せめてもの抵抗として固く瞼を閉じた。

「ああ……」

恍惚をたっぷり含んだ呟きが隆二の口から洩れる。

「最高に可愛いよ、百合」

そんなことを言われても、私は猛烈な羞恥と戦うのが精一杯で、隆二の言葉の真意を質《ただ》す余裕なんて無い。だって、誰にも……それこそ自分だってまじまじと見たことのない場所が、隆二に見られてしまったんだもの！

「ひぅっ……」

隆二の熱く湿った舌が、太ももの内側を這っていく。焦らすように、煽るように、ゆっくりと。それと共にひたひたと鈍い痺れのような感覚が這い上がってくる。身体のそこかしこに灯された熱とも違う、何かが。

もう止めて。それが出来ないなら早くどうにかして。

はたして私は一体どちらを望んでいるんだろう。期待と不安が入り混じり、ぶるりと身体が震えた。

「んあぁぁっ！」

ぬるりと私の晒された場所を何かが撫でる。柔らかなそれが襞と襞をかき分けるように上へ下へと動きまわった。その刺激は、先ほどまで感じていたものよりも、もっともっと直接的で……容赦が無かった。脳天を突き抜けるような刺激に、必死で閉じた瞼の奥が熱くなる。

「あんっ……あぁぁっ！」

ぐぷりと粘り気のある水音を立てて、何かが私の中に沈み込む。十分に潤った私はそれを何の抵抗も無くすんなりと受け入れてしまった。そして私の奥を探ろうとどんどん進んでいく。

「あぁぁぁ……」

私の中に入り込んだのは……さっき襞を撫でたものとは違う、もっと長くて硬いもの。ぼんやりと思ったその時、それがくるりと反転する。

隆二の指だと認識した瞬間、ぐっと押しこむように奥へと突き上げられた。

「やぁぁぁぁっ！」

さらに加えられた刺激を身体は受け止めきれなくて、大きく跳ねた。

それだけじゃなくて直火にかけられたみたいに、急激に体温が上がっていく。さっきまでだってとんでもなく熱く感じていたのに、上がり続ける体温に、耐えきれなくなって、喉を反らすようにのけぞった。

どうしようもなく溜まっていくだけの熱を放出する術は、声を上げるしかない。

「あぁぁあんっ……ああっ！」

目の前が、ちかちかする……！　幾つものフラッシュが同時に焚かれたみたいに、光が目の前で瞬いている。

「んあっ、もう、駄目ぇ……」

私の声に、隆二は応えない。それどころか限界まで入り込んだ隆二の指は私の中を動き始めた。

「ねっ、おねが、い……りゅうじぃ……」

「駄目だよ、百合、まだまだ」

内側を擦られたり、指を曲げてひっかくように動かされただけで、腰が勝手に動き回る。

「ま、だって……やあぁぁんっ！」

それだけじゃなくて外側では襞を広げるように舌までもが一緒になって私を攻め立ててきて、衝撃が背筋を駆け抜けた。ぐちゃぐちゃと泡立つような音や水が弾けるような音まで も刺激になって私を襲い、もみくちゃにしてしまう。

「あああぁあっ！」

やがて探られているお腹の奥から、追い詰められるような、そんな不可思議な感覚が認識したばかりの快楽の合間に見え隠れし始めた。

きっと、これが終わりなんだ。そう思って不可思議な感覚に身を委ねようとしたその時。

唐突に、指が引き抜かれる。

「あぁ……んぁ……」

予告も無く中断された刺激の余韻から、身体が震える。

「百合、いい？」

酷く甘えた口調で隆二がお伺いを立ててくる。視線を向けると、隆二がじっと私を見ていた。その顔には先程までの笑みは無く、むしろ少し苦しそうに歪んでいる。

「一緒に気持ち良く、なろう？」

一緒という言葉にただ頷くと、隆二は安堵したように微笑んでくれた。

両足を大きく開かれたまま、腰を持ち上げられる。……そして先程まで指が入り込んでいた場所に、指でも舌でもない、隆二の熱くて硬いものがあてがわれたのが、わかった。

「いくよ？　痛かったら俺に噛みついても、引っ掻いてもいいから」

「ん……」

初めては痛いってことくらい、わかっている。でも目の前の相手を思わず傷つけてしまう程、痛いのか。そう思うと快感によって散らされていた恐怖がまた頭をもたげてきてしまう。……でも、もう怖いばかりじゃない。隆二の全てを知りたい。その為にならら、多少の痛みなんて、構うものか！

「息を吸って、ゆっくり吐いて」

言われるがままに、大きく息を吸いこんで、吐きだしたその瞬間、隆二が私に覆いかぶさりながら体重をかけてきた。

「あぁぁっ……あはぁっ！」

灼熱の塊が、めりめりと音を響かせながら私の中を切り開いていく。強烈な圧迫感に呼吸が止まる。

「あっ……うぁぁっ！」

皮膚が切り裂かれるような鋭い痛みと、狭いところをこじ開ける鈍い痛みがぐちゃぐちゃに混ざり合って私を襲う。痛いよ、苦しいよぉ……！

「……百合、力、抜いて」

「む、りぃ……」

ただ初めての苦痛に翻弄されるばかりで、自分ではどうにも出来ない。だけど慄く身体を必死で奮い立たせて、止めてしまっていた息をゆるく吐き出す。

「いい子だ」

汗ばんで肌に張り付いた髪をかき分けて、頬や額に宥めるようなキスが降ってくる。隆二の言う通りにしたって、苦痛が和らいだ訳じゃない。だけどキスがあんまりにも甘く、優しくて、私を見つめる隆二の垂れた目尻を見てしまったら……結局仕方ないと納得してしまった。

「あ、あっ、あぁぁ……」

私が一旦落ち着いたのがわかったのだろう。隆二は再び動き始める。少しずつ、じっくり時間をかけて隆二は私の中に入ってきた。

隆二の熱や脈打つ音が、限界まで広がった私の内側からダイレクトに伝わってくる。その剝き出しの感覚と痛みに、涙が滲んだ。

「ほら、全部入ったよ」

「あうっ……！」

ぴたりと密着した腰を軽くゆすられて、理解する。ああ、私隆二と繋がっている。

「ひと、つに、なった？」

「……うん、俺と、百合でひとつになった」

痛いのに、苦しいのに、どうしてか嬉しさが込み上げてくる。

「百合、可愛い」

ぎゅうっと、抱き締められた。汗でしっとりと湿った互いの肌は、ぴったりと吸いつくように馴染んで、まるでずっと昔からこうしてきたような、切ない位の安堵が広がっていく。

「……泣かないで」

隆二の唇が、零れ落ちそうになっていた涙を吸いとってくれた。そしてシーツを握りしめていた腕をとられ、隆二の背中に回される。

「痛かったら、我慢しないで俺にぶつけて。百合にはそうする権利があるんだよ？」

諭すように隆二が視線を合わせたまま言う。だから承諾の代わりに言われた通り背中に爪を立ててみると「その調子」と何故か嬉しそうに隆二はキスしてくれた。

隆二が再び動き始める頃には、なんとかその質感だけは飲み込めたような気になっていた。もしかしたら私が少し落ち着くまで、待っていたのかもしれない。

「んあぁっ……！」

ゆっくりと私を塞いでいた熱が引き抜かれていく、その喪失感に身体が震える。

「あぁんっ……！」

失われるぎりぎりまで出て行ってしまった熱に、またゆっくりと満たされていく。

慣れない私に合わせてくれたのか、それとも私の反応をただ愉しんでいるのかわからないその穏やかな抽挿は、次第に私を追い詰めていった。

「あぁっ……はぁっ……！」

鈍い痛みはいつしか消え失せ、取って代わるようにじわじわと何かに襲われるような、内側から湧きあがるような不可思議な感覚に支配されていく。甘やかな、それでいてどうしようもない焦燥感を伴い、私から思考を奪っていく。だけど。

これじゃ、足りない。

「ね……、りゅうじぃ……」

一度垣間見た快感の向こう側を求めて、勝手に腰が動き始める。このままじゃ、じれったくて、もどかしくて、どうにかなってしまいそう！

「百合、どうして欲しい？　俺に教えて」

「……っと」

わからないことだらけのはずだったのに、今度の答えはあっさりと導き出された。

「もっ……っと、もっと、して」

自分でも何が欲しいのかがわからないのに、欲しくて堪らないの！

「はんっ、あぁぁぁぁっ！」

すると突如として隆二の動きが速まった。ずぐんと抉《えぐ》るように突き上げられて、あまりの衝撃に甲高い声が溢れ出る。そのまま今までが嘘みたいな激しさで突き上げられた。腰がたくましい隆二の腕で引き寄せられ、さらに深く深く、繋がる。

「あぅっ、あっ、あっ、あぁぁっ！」

私の耳に届く、聞くに堪えない自分の声と、肌と肌がぶつかり合う音、ぐちゃぐちゃと粘っこい水の音、その全てが私を煽り、脅かしていく。

やがてあの不可思議な感覚がまた湧き出してきた。上がりきった熱は、解き放たれる時を今か今かと待って、私の身の内をじりじりと焦がし続けている。

「あっ、もっ、もうっ！」

不自然にぎゅっと力が入り、痙攣《けいれん》のような震えが全身を襲う。

「おかしく、なっちゃう、よぉ……！」

私の身体を焦がす熱が、私を追い詰め、狂わせる。自分の身体なのに、何一つ私の自由になることなんて、もう無い！

「百合、百合……」

隆二も苦しげに私の名前を繰り返す。

「りゅう、じぃ……あぁぁっん」

より一層激しく揺すぶられて、その強すぎる刺激にまた目の前が、光った。目の前でちかちかと眩しく瞬いている。ああ、もう、駄目……！

「百合……！」

「やあぁぁぁぁっ……！」

喉の奥から絞り出したような隆二の声を耳元で聞きながら、私は光に飲み込まれていった。

唐突に快感の中へと投げ出された後は、瞼を開けることすら億劫《おっくう》になってしまうほどの倦怠感が押し寄せてきた。

「……大丈夫？」

荒い呼吸を整えようと必死で息を吸っていると、額や頬に張り付いた髪の毛を、隆二は指の背で除けてくれた。そして極上の微笑みを浮かべながらそこに口づける。

「百合、すっごく可愛かった」

「ん……」

「何か飲むか？　汗かいたから喉渇いただろ？」

「んん……」

確かに喉は渇いていた。汗かいたからというよりは、散々大声上げてしまったから、そちらのせいという気がする。でも、今隆二と離れたくなかった。ぴたりとくっついた熱い濡れた肌が身動きしたせいで僅かでも離れると、冷たくて寂しくなる。

「百合って、ホント甘えんぼだな」

いやいやするように頭を振って頬を擦り寄せると、隆二は目を細めて、私を抱き寄せてくれた。そして髪を撫でてくれる。その仕草が心地よくて、うっとりしてしまう。汗をかいた身体なんて、今までの私だったらすっごく気持ち悪いはずなのに。隆二のは全然嫌じゃない。

身体に燻っていた快感の名残がゆっくりと醒めていくのに身を任せていたら、隆二がぽつりと「ヤバいな……」と呟いた。

「……何がヤバいの？」

「俺も離れたくなくなっちゃったから」

「離れなきゃいいじゃん」

　こうしてくっついていることは、何か問題なの？　私が首を傾げていたら、隆二は困ったように眉を寄せた。

「ああもう、そんな可愛い顔しないの！」

　自分がどんな顔をしているのかなんて知ったこっちゃないんだけど。隆二は私に言い聞かせるように言った。

「汗かいちゃったから、このまま寝たら風邪ひいちゃうだろ？　シャワー浴びよ」

「……はぁい」

　確かにくっついている部分は温かいけれど、そうじゃない背中なんかは汗をかいたせいもあって若干冷えてきていた。

「ちょっと待っててな。準備してくるから」

　そう言うと隆二はさっと起き上がると、裸のままベッドルームから出て行ってしまった。

　明るいリビングからの光の中に見えた隆二の広い背中には、いくつもの赤い線が走っている。

　あれ、私がつけちゃったんだ。

　そうぼんやり思った途端、さっきまでの行為をまざまざと思い出して、顔から火が出そうになる。そりゃ、隆二は「俺にぶつけて」って言ってくれたけど、あれはちょっとやりすぎじゃない!?

でも突如復活した羞恥心とリビングの明るい光のおかげで、ぼんやりしていた頭が少しずつ働き始めた。と、とりあえず服、着なきゃ！

ベッドの下を見ると私と隆二の服が折り重なるように散らばっている。まだだるい身体を起こして、その中からなんとか自分の分を発掘しようとしていると、隆二が戻ってきた。のはいいんだけど！

「ちちち、ちょっとぉ！」

「何？」

そりゃ裸のまま行ったんだから当たり前かもしれないけどさ！　前！　前隠してよ!!

「別に見てもいいのに」

慌てて目を手で覆った私を見て、隆二は大笑いした。そういう問題じゃないの！

「そもそも百合も丸見えだし」

「やだっ！　見ないでよっ！　いやっ！」

目を覆っていた手で今度は胸や下半身を隠そうとしたら、当然隆二の裸が目に入るわけで。……結局私があたふたと足元にあった毛布で身体を包んでしまうまで隆二は大笑いし続けた。

「ごめんごめん」

臍《へそ》を曲げに曲げまくった私にぎろりと睨みつけられてようやく、隆二はまずいと思ったのかそそくさと下着を身につけ、笑いを引っ込めた。

「知らない！　もう帰る！」

頬を膨らませて見せると、隆二はわかり易くおろおろし始めた。

「そんなこと言わないでよ」

「言わせてるのは誰よ！」

「ほら、まあ帰るにしてもそのまんまじゃ無理だろう？　シャワー浴びてさっぱりしてからにしなよ。ね？」

確かに身体は汗でべとべとで気持ち悪くて、このまま帰るなんて無理だ。しぶしぶ頷くと隆二はほっとした表情を浮かべた。そんな顔をするなら最初から笑ったりしなきゃいいのに。

ベッドから降りると、隆二が案内するように先に歩き始めたから、自分の服を持ってずるずると毛布を引きずったまま付いていく。

「あるものは好きに使っていいから。タオルそこに置いといた」

言われて目を向けると、洗濯機の上にバスタオルが畳まれて置かれている。脱衣所や洗面台は多少掃除が行き届かない感じはあったけど、そこまで汚れているわけじゃない。男のひとり暮らしにしてみれば上等な部類なんじゃなかろうか。

大学からの友達の中に絵にかいたような「片づけられない女」がいるのだけれど、彼女の家よりは数段マシだ。逆にすごいのを知ってるから私の基準が緩いのかもしれない。多分さっき準備してくるって言った時に多少見られたら困るものは片づけたんだろうし。

「あのさ、私のバッグ持ってきてくれる？」

確か化粧ポーチの中に以前買ったメイク落としシートが入ったままになってたはず。

「いいよ、百合が入った後、持ってくる」

「覗かないでよ！」

「覗きません、誓います！」

しゃきっと言い放った隆二は、さっと脱衣場から出て行った。ようやくほっと一息つくと、目に飛び込んできたのは寒さに震えている人みたいに、毛布にくるまった自分の姿。

「もうっ、いやになっちゃう！」

情けなさすぎで見ていられなくて、勢いよく毛布を剝ぐと、服をタオルの上に置き、バスルームに飛び込んだ。

汗をお湯で流していると、緩く息が漏れた。温まってくる身体とは裏腹に、思考がようやく落ち着いてきてくれた感じだ。今更だけど、実感が湧いてくる。

……私、隆二としちゃったんだ。

身体の奥に残る僅かな痛みと、疼くような感覚がその証拠で。

――――百合、可愛い。

耳元で囁かれた隆二の声を思い出すだけで、胸がぎゅっと摑まれてしまったような気分になる。じたばたと地団駄を踏んで逃げ出したくなる！

「ああ、もう！」

頭の中を占領しそうになる記憶を振り払うように、頭からつま先まで洗いまくった。

少しすっきりしてバスルームから出ると、毛布が消えていた。タオルの隣にどうやら隆二のものらしいスウェットと私のバッグが置かれている。

ほとんどシャワーで落ちてしまっていたけれど改めてシートでメイクを落とし、乾燥対策に持ち歩いている化粧水を頰にはたきながら考える。

……これはスウェットを着ろってことなんだろうか。

帰る、なんて言ってしまったけれど、ここに来たのは22時過ぎ。どんなに短く見積もっても、もう深夜だ。そしてここは隆二の自宅。多分、このまま泊まることになるんだろう。

迷いに迷って、スウェットを着ることにした。上はなんとか着られなくは無いけれど、下は腰のヒモを目一杯絞って、裾を折り返さないとはけなかった。

こんなサイズ違いの服を着たのなんて、初めてかも。そう思うとなんだか面白くなってくる。乾かした髪から微かに漂ってくる香りも、使い慣れたトリートメントの香りじゃない。誰かの家にいる、という非日常がなんだか楽しい。

服とバッグを抱えてバスルームから出ると、しゃかしゃかしゃかしゃか、と何かをかき混ぜているような音がキッチンから聞こえてくる。

「……お風呂、借りました」

キッチンで何かを振っていた隆二に声をかけた。さすがにもうパンツ一丁姿じゃなくて、Tシャツとスウェットを着ていた。

「ん、ちょうどよかった」

隆二は慣れた手つきで手の中の容器の蓋を取ると液体をグラスに注ぎ入れる。

「何?」

思わず手元を覗きこむと、隆二の手の中にあったのは、金属製のシェイカーだった。液体を全て注ぎ終わると、真ん中から割るように開け、入っていた氷をグラスに落とす。そして炭酸水をたっぷり加え、レモンの薄切りを放りこんだ。ここまでくるとなんとなくわかった。

「レモンスカッシュ。風呂上がりにはぴったりでしょ?」

「へぇ、レモンスカッシュってこうやって作るんだ」

「いや、これは面倒くさい作り方」

「面倒?」

「ホントはレモン果汁に砂糖とか蜂蜜混ぜたのを炭酸で割ればいいだけ。でも俺は蜂蜜とかが混ぜ切れてなくて下で固まってるのが好きじゃなくてさ、わざわざシェイカーで混ぜてんの」

なるほど。蜂蜜とかとろっとしているのはどうしても混ざりにくいもんね。

「これ飲んでちょっと待ってて。俺も汗流してくるわ」

「うん」

グラスを受け取り、とりあえずリビングのソファに腰を落ち着けた。一口飲むとレモンの爽やかな酸味と炭酸の刺激が喉を気持ち良く下りていく。火照った身体に浸み渡るうまさだ。

ドアの向こうからは微かに水音が聞こえてくる。

「……変なの」

グラスの水滴を指で拭いながら、独りごちる。

だって斎藤と名字で呼ぶのが当たり前だったのに、今は隆二と呼ぶのに何の違和感も無い。何よりも不思議なことは、激変した関係を私自身があっさりと受け入れてしまっていることだ。

さっきまでは、ただの友達だったのに。

そんなことを考えつつ、ぼんやりとタワーになった本たちを眺める。なんだか手持無沙汰で、ソファの上で膝を抱え込むとあくびが出た。壁に掛けられた時計を見れば日付変更線はとっくにまたいでしまっている。こんなに夜遅くまで起きていたの、数ヶ月前に友達とパジャマパーティをした時以来だから、眠くなるのも当たり前だ……。

「……り、百合」

「ん……？」

「眠いならベッドに行こう」

どうやら眠いなと思ってたら、そのままあっさり寝てしまったらしい。いつの間にか隆二が目の前にいた。

「出るの速くない？　カラスの行水じゃないんだから、ちゃんと洗ったの？」

「洗ったよ」

「耳の後ろとかも？」

私の言葉に隆二がぷはっと噴き出す。

「いや俺犬じゃないんだから。ちゃんと洗いました」

「ならいいけど。髪、すごいね」

洗いざらしの隆二の髪は、膨らんでふわふわと波打っている。普段よりもボリュームのある柔らかそうな髪質は確かに朝、苦労しそうだ。

「ああ、洗いっ放しだとこうなるんだよ。濡れると直毛になるくせにな」

「触っていい？」

「いいよ」

触れてみると見たとおり柔らかくて、毛足の長いぬいぐるみを撫でているような気分になる。私の髪はどちらかというと硬い方だから、この手触りが新鮮だ。

私のされるがままになっていた隆二が、ふと呟いた。

「俺はてっきり百合のこと、小悪魔系かと思ってたんだよね」

「はぁ!? どこがよ?」

そんなこと初めて言われたよ！　友達からは残念系とか裏表ありすぎとか言われたことはあるけど。あんまりな言い草に手をひっこめると、隆二がわざとらしく肩を竦めて見せる。何その態度！

「だってすっげぇ甘えてくるくせに、友達だとか念押しされるし。さりげなく夜誘ってもあっさり断られるし。今だって髪触りたいとか言うし」

「それは……友達なんだから甘えるの当たり前じゃない」

私からすれば他の友達と同じように接していただけだ。夜の誘いを断ったのだって、単純に朝早いからってだけで、深い意味はない。

友達だって念押ししたのは、薫に向けてのこと？　あの時は本当にただの友達だと思ってたし！　それに髪の毛は触っていいかどうか今ちゃんと確認したじゃん。

「うん、だから百合は今後男の友達作るの禁止ね」

「はぁ!?」

なんでそんなこと隆二から言われなきゃいけないわけ!?

「男は俺ひとりで我慢してよ。友達も……もちろん恋人もさ」

それって……つまり。

呆けたような顔をした私に、隆二はあのたれ耳の犬を連想させる困ったような微笑みを浮かべると言った。

「百合わかってる?」

「し、失礼ね!」

ここまで言われれば、さすがにわかるよ!

なんだかばつが悪くなってぷい、とそっぽを向くと、隆二がふふっと笑いを漏らす。

「絶対わかって無かったでしょ」

「うるさい!」

はっきりと好きだと言われた時に「わからない」って、言ったせいなんだろうけど、あの時は本当にわかんなかったんだもん。そのくらい見逃してよ。

「まあ鈍くても甘えん坊でもいいよ、俺はそんな百合が好きだから」

隆二はそう言うと、蕩けるような笑顔で私を抱き締めた。

大きな手が、私を撫でていた。私はまるで猫になってしまったみたいに、くたりとベッドに横たわり、まどろみながらただ、撫でられている。

時折髪を梳《す》いていた手が滑り下りて来て、手の甲で頬をくすぐってくる。その感触が心地いい。

「ん……」

身動《みじろ》ぎすると、誰かがふっと笑った気配がした。

「起きた?」

ゆるゆると瞼を開けると、隆二が微笑みながらこちらを見ていた。その距離があまりに近くて、驚いてしまう。

「おはよ」

「お、おはよ……」

そうだ、昨夜はもう眠くて眠くて、あの後すぐに寝てしまったんだった。……隆二の腕の中で。今だって、私の枕になっているのは隆二のたくましい腕。って、腕枕!

「よく眠れた?」

「う、うん……あんまり見ないでよ」

私が顔を伏せると、隆二は「何で?」ととぼけた風に言った。

「寝起きの顔なんて女は誰だって見られたくないの!」

「じゃあ今度から俺より早く起きなきゃね」

「えっ！　今何時!?」

「9時になるとこだよ」

「……うわぁ、超寝坊じゃない」

いつも朝5時にちゃんと起きてるのに！　目覚ましセットしてなかったから？　いやそれにしても遅すぎだ。慌てて身を起こした私に、隆二は不思議そうな顔で呟く。

「そんなに寝坊か？　休みの日だしこれくらいは普通だと思うけど」

「だって私、休みの日でも5時に起きてるもん」

人間の身体は「寝貯め」出来ないし、普段の生活リズムをずらしたくない。だから私にとって寝坊とはせいぜいいつもより1時間くらい多く寝る程度。9時なんて感覚としては、昼近くまで寝ているみたいなもんだ。お酒が入っていたせいもあるけど、寝すぎ。

「なるほど、そりゃ寝坊だな」

以前夜の誘いを断った時に、朝5時に起きる生活について話したことがあるから、隆二はあっさりと納得してくれた。

「眠いならもっと寝っててもいいよ」

ね、と優しくまた頭を撫でられる。いつも隆二は優しいんだけど、こんなに甘ったるい笑みを浮かべているのは見たことがない。それがなんだか私を落ち着かなくさせる。

「ううん、起きる」

私は二度寝とか昼寝とかダメなタイプなので、一度起きてしまうともう眠れない。

ベッドから降りて改めて部屋を見回すと、この部屋も見事に本だらけだった。リビングと違うのは、ここにある本のほとんどが分厚い専門書じゃなくて……マンガ本だということ。

「……なんか地震がきたら埋もれちゃいそう」

壁一面にぎっしりと詰め込まれた本って、すごい圧迫感がある。私の一言に隆二が苦笑した。

「ホントは多少処分したいんだけどね、親父と兄貴の分もあるから」

「お父さんのもあるの？　一家揃って本好きなのね」

お父さんもお兄さんも文系なんだからそりゃ本好きだと思うけども、ここまで来るとちょっと度が過ぎている気がしなくもない。

「俺の本はこの中の3分の1も無いよ」

「えっ？」

「元々この家、親父が書斎代わりに買った家でさ、そのせいもあってふたり共読んだらここに持ってくるんだよ。まあその代わり家賃はタダなんだけどね。もう一部屋あるけど、そっちも本に埋もれてる」

なるほど、それじゃ勝手に処分は出来ないわ。それにしても書斎代わりに家を買うなんて、凄すぎ。

「お腹は減ってる？」

「うん」

昨日の夜はいつもより多く食べたと思うけれど、さすがに9時を過ぎればお腹はぺこぺこだ。

「チーズトーストと目玉焼きくらいしか出来ないけど、いいかな？」

隆二が口にしたメニューを頭で思い描いていたら、ふと閃いた。

「バターってある？」

「マーガリンならあるよ」

「じゃあ私が作ってあげる」

食パンに玉子、あと昨日カルーアミルクを作ってもらったんだから牛乳もあるはずだ。この材料があれば、毎週食べてる大好物のアレが作れるはず！

6枚切りの食パンを半分に切り、さらに厚さを半分にするように切りこみを入れたら、そこにスライスチーズを挟みこむ。次は玉子と牛乳に塩・胡椒《こしょう》を混ぜたものにチーズを挟みこんだ食パンを浸す。いつもなら丸一日浸すところだけど、今日は簡易版ってことで片面につき30秒レンジでチンして染み込ませる。

あとはマーガリンで美味しそうな焦げ目がつくまで焼けば、完成！

「うっま……」

一口頬張ると、隆二が感嘆の声を上げた。

「ありがと。味濃くない？」

「全然！　ちょうどいいよ」

美味しそうに食べてくれる隆二の様子に、ほっとする。やっぱ勝手がわからない台所で作ると味に不安あるもんね。

本当はいつも作っている甘いフレンチトーストを作るつもりだったのだけれど、なんと隆二の家にはお砂糖が無かったのだ。どうやら家で食べるのはもっぱら朝食だけだから、必要無かったらしい。そりゃトーストに玉子とベーコンかハム焼いて、インスタントのブラックコーヒー、なんて食事しか作らないのであればいらないけど……びっくりしてしまった。

だから急遽ある食材で、チーズ入りの甘くないフレンチトーストにしてみたのだ。

「こんな立派な朝食が俺の家で出てくるとは思わなかったわ……。やっぱり料理出来る人は違うね」

あっという間に平らげた後、コーヒーを飲みながら隆二が満足したようにため息を吐く。

「そんなことないわよ」

フレンチトーストは別に難しい料理じゃない。私はたまたま作り慣れているってだけだ。

「そういえば、朝に白いご飯が食べたい時とかはどうしてるの？」

ごく普通の和定食なら塩・胡椒以外の調味料が必要になるはずだけれど、醤油はお弁当についてくるような使い切りのパックが1つか2つあるだけで、味噌はもちろん見当たらなかった。食材や調味料だけではなく、調理器具も小さな片手鍋とフライパンが1つずつあるっきりで、炊飯器すら置いていない。

対してお酒や飲み物は棚から溢れそうなほどぎっしりと詰まっていた。なんとワインクーラーまである始末。どんだけ家で飲んでるのさ。

「駅前の牛丼屋とか立ち食いそばで食べるよ」

「外食ばっかりだと身体によくないよ」

「じゃあ、これからは百合が作ってくれる？」

「別にいいわよ」

料理はむしろ好きな方だから、軽い気持ちで言うと、隆二は急にはしゃぎ出した。

「やった！　じゃあ食材買いに行こう！　今夜は百合の作ったご飯食べたい！」

「何言ってんの！　今日はこれ食べたらもう帰るわよ」

昨日だって本当は泊まるつもりなんてなかったんだから、連泊なんてするわけないじゃない！

ところが私の言葉を聞くなり、隆二はしょんぼりと項垂れてしまった。それはそれはあからさまに、まるで私に見せつけるみたいに。

「もう帰るんだ……」

「何よ」

「俺はもっと一緒にいたいんだけど……」

がっくりと肩を落としたその姿は、どうやったってあのたれ耳の犬を連想させるもんだから。

「あのさ、私昨日から同じ服着てるのよ？　一旦帰って着替えくらいさせてくれてもいいでしょうが。出かけるならメイクもちゃんとしたいし！」

不機嫌に言い放った私を見る隆二の顔が、ぱあっと笑顔になる。全く、結局隆二の思う通りになってしまうのだけが、ちょっと悔しい。


週明け、出社してくるなり薫はチェシャ猫のような笑みを浮かべて近づいてきた。

「先輩、週末はどうでした？」

「どうって……別に？」

そう答えたことは、嫌みとかじゃなかった。……隆二との関係が変わったことをどう説明していいか咄嗟に思いつかなかったからだ。

あの後ウチに移動して身支度を整えたら、ウインドーショッピングをして、前から今度行きたいと話題にしていたホテルのアフタヌーンティーを楽しんで、また隆二の部屋に泊まった。けど、なんか泊まったこととか、恥ずかしくて言えるわけない！

ところがはぐらかされたと思ったのか、薫は訝しげな表情で問いかけてきた。

「いいじゃないですか、ラブラブだったんでしょ？　詳しく教えてくださいよぉ」

「なんで薫に教えなきゃいけないのよ」

「いーえ、私は聞く権利があるんですっ！」

「何でよ。関係ないじゃない」

言う言わないは私が決めることだと思うんだけど。すると薫はあからさまに落胆のため息をついて見せた。何でそんなにがっかりするわけ？

「……わかりました。昼休みにお話ししましょう」

逃げないでくださいよ！　と決め台詞のような勢いで言うと、薫は自分の席に戻っていった。

宣言通り薫は私と智美の昼食の席にしっかり同席した。というか、昼休み智美の方から「今日は薫さんも一緒でしょ？　天気もいいし、外で食べよっか」と提案されたのだ。どうやら薫から事前に智美へ連絡が行っていたらしい。いつも食べている移動販売のパン屋さん特製のパニーニにかぶりつきながらも、一言申し上げたくなってしまった。

「私の知らないうちに、随分仲良くなってるのね」

いつの間にか連絡先を交換してるのが何となく気に入らない。小学生みたいな嫉妬だってわかってるけどさ。

今度こそ嫌みを込めて言ったのに、薫は私のとげとげしい一言をさらりと流し、にこやかに「とにもかくにもおめでとうございます、よかったですね！」とお祝いの言葉を口にした。

「へっ⁉　何が？」

「だって斎藤さんと付き合うことになったんでしょう？」

ああ、成程。私も友達から彼氏が出来たって言われたら同じように言うもんね。

「まあ、そうなんじゃないの？」

気恥ずかしくてそっけなくなってしまった私の返答に、何故か薫が不満そうな声を上げた。

「……なんで疑問形なんですかぁ？　あの後お泊まりしたんでしょう⁉」

「……したけど」

誤魔化すように言ったせいか、まさか、と薫の目が驚愕したかのように見開かれる。

「一回やっちゃってそれで満足とかじゃないですよね⁉」

「いやそれは無いでしょ」

智美の冷静なツッコミに、薫が我に返ったように「で、ですよね」とうなずいた。

「だって百合先輩、あんまりにも冷静すぎるんですもん」

……私って、薫から一体どんな目で見られてるんだろう。

恋愛経験豊富な女？

いやいや、一昨日まで男と付き合うどころか、触れることすら怖がっていた女なんだけど。冷静なわけ、ないじゃないか。

今だって、隆二以外の男の人に触れられるのは、絶対に嫌だ。

友達と恋人の差って何だろうって今までずっと思っていた。一番わかりやすいのは身体の関係があるか否かだろうけど、身体の関係のある友達ってやつも世間には存在するわけだし。はい、ここから恋人ですっ！　ってわかりやすい境目って何だろうって、友達から恋話を聞くたびに疑問だった。

だけど自分がいざその立場になってみたら、驚いてしまうくらいにあっさりと違いを理解してしまったのだ。示された境界は、越えてみればまるで道路に引かれたただの白線のように何気ない。理屈じゃないんだ。

——百合。

ふいに身体を重ねた時に耳元で囁かれた、隆二の掠れた声が蘇った。するとまるでリンクしているみたいに、労わるように撫でてくる大きな手のひらの感触をも呼び覚ます。

初めてだった、金曜日の夜。そして、流されたんじゃない土曜日の夜のことが閃くように脳裏に浮かんでは消える。いや、ちょっと、こういうのは真っ昼間に思い出すもんじゃないって！

急に顔を赤くした私を見て、智美は面白そうに笑いながら言った。

「ばっちりだったみたいね」

「……うるさいっ」

智美は私が男の人と付き合ったことが無いことを知っていて言っているのが、堪らなく憎たらしい。今までからかうのは私の方だったのに！

「先輩、かーわいいっ」

薫までにこにこし始める。

「からかうんじゃないわよっ」

「からかってないですよぅ。嬉しいんです」

「何が嬉しいのよ」

「だって百合先輩と恋の話したかったんですもん。惚気《のろけ》も愚痴も大歓迎ですっ。さあさあ、話しちゃってくださいっ」

「何にもあるわけないじゃない。惚気なんて……」

「じゃあ質問変えますっ。……斎藤さん優しかったですか？　それとも結構俺様系だったり？」

俺様系って、隆二がそんなに偉そうな態度だったことは一度も無い。下手にでて自分の要求を飲ませる、策士系、と言ったらいいか。

「隆二はいつも優しいわよ」

「おおっ、下の名前呼び捨て！」

前話してた時は名字で呼んでたよね、と智美が身を乗り出してくる。

「吉村さん、そんなんで驚いてちゃ駄目ですよ！　ホント合コンの時の斎藤さんと先輩すごかったんですから。私らほったらかしてイチャイチャしてて。合コンの前に遭遇した時もどーー見てもラブラブって感じで」

「ホント!?　見たかったぁ！」

「イチャイチャなんてしてないでしょうが！」

嘘つくな！　と声を荒らげると、薫は呆れたように言った。

「してましたよー。だから私、何度も『斎藤さんと付き合ってるんですか？』って訊いたじゃないですかぁ」

えっと、今までただ薫が恋愛関係についての追及がしつこいだけかと思ってたけど、もしかして。

「……私たち、そんなに傍から見て、付き合ってる風に見えたの？」

おそるおそる尋ねてみると、智美と薫は顔を見合わせる。そして揃って白けた視線を私に向けて、わざとらしく大きくため息を吐いた。

「ここまで無自覚だと、彼氏さんに同情するわ」

「ですよね。他のことは普通なのに」

「……悪うございました」

男友達だって、恋人だって、隆二が初めての相手なんだから、他の人からどう見えるかなんて、わかるはずないじゃない。

「でもそんな私がいいって言ってくれてるんだから、いいんです！」

腹立ち紛れに言い放つと、ふたりはまた顔を見合わせ、にんまりと笑った。そのしてやったり、という笑みに失言だったことに気付いたけれど、もう遅い！

「先輩愛されてるじゃないですかぁー」

「そういう話をもっと聞きたいなぁ」

「うーるーさーい！　今のナシ！」

……結局昼休み中、根掘り葉掘り追及される羽目になってしまった。

第五章　天敵襲来

冷蔵庫から冷えたグラスを取りだした隆二が、サラダを盛りつけている私の手元を覗きこむ。

「今日のご飯って、トマト味？」

「違うよー。スープはコンソメ味。どっちかと言うと洋風かな」

「そっか、百合酒は飲む？」

「んー、止めとく」

「了解。じゃ今日はバージン・メアリーにしよっか」

「何それ？」

「ブラッディ・メアリーのノンアルコール版。トマトジュースにレモンジュースとウスターソース、あとタバスコを混ぜる」

「タバスコ⁉　ちょっと、レシピ勝手にアレンジしてない？」

「してないよ。タバスコはブラッディ・メアリーにも入るし」

隆二は慣れた手つきでカクテルを作り始めた。キッチンを埋め尽くすたくさんのドリンクたちの居場所を、隆二はまあ当たり前だけど完璧に把握している。

普通なら調理器具や食器が入っているであろう棚の中はジュースや様々な形をしているリキュールの瓶、ワインや洋酒のみならず、日本酒と焼酎などで溢れている。本人いわく「飲みたいと思ったものを買ってたらいつの間にかこんなになってた」らしいけど、限度ってものがあるよ。

品ぞろえだけではなく、カクテルやお酒の知識も玄人はだしで、いつも私の知らないカクテルを作ってくれるのは、感心しちゃうけど。

隆二と会うのは、基本的に週末だ。スイーツの食べ歩きをする友達だった頃は土曜か日曜どちらか一日だけ、それも日中に会っていたのが、土日通して一緒にいるようになった。

読書が趣味の隆二が好きなのは、大型書店や古本屋さんを巡ることや映画を見ること。それとサッカーは観戦するのもプレイするのも好きで、海外の試合の中継を見るために有料放送に加入しているし、今はフットサルのチームを大学の時の友達と組んだり、草サッカーに参加したりしているとか。

対する私が好きなことは雑貨屋さんをはしごしたり、美術展を見に行ったり、素敵なカフェを探すこと、それとハンドメイド。

お互い「甘いものが好き」という以外では微妙に噛み合ってない。

だから折衷案というわけじゃないけど、お互いが行きたい場所へ行った後にカフェでお茶とケーキを楽しんで、そして夜は隆二の家でゆっくり過ごす、というのがデートの定番になった。

いつもいつも隆二の家ばかりに泊まるのは悪いから、一度ウチにも泊まりに来て貰ったんだけど、その翌日隆二は少しだけ困った顔をして言った。

「ごめん。出来れば次からは俺の家にしない？」

「……やっぱり私の部屋、居心地悪かった？」

何しろ友達から「乙女ルーム」と名付けられてしまう程、趣味に走った部屋だ。ガーリーなインテリアは、女性はよくても男性受けは悪いだろう。それに1Kの部屋は3DKの隆二の家と比べ無くても狭っ苦しいし。

「そんなことないよ。女の子らしい可愛い部屋だと思う。正直、部屋が問題じゃないんだ」

「じゃあ何が問題なの？」

すると隆二は眉毛をハの字にしながら、申し訳なさそうに言った。

「本というか、読むものが無いと落ち着かない」

私は普段5時起きだからどうしても夜早い時間に眠くなる。そのため大抵の場合隆二よりも先に寝てしまっていた。どうやらそんな時隆二は私の寝顔を眺めながら本を読んでいたらしい。

確かに私の家にある本といえば、手芸の教本と雑誌が少しあるだけ。新聞も取ってない。常に本に囲まれた生活をしていたためか、いざ手を伸ばしても無いとなると、そわそわしてしまうと言われて、驚いてしまう。活字中毒、という言葉があるけれど、正にそれだ。自分に全く読書の習慣が無いから全然わからなった。

この出来事以来、夜は隆二の家で過ごすようになった。

隆二は「いつも俺の家だと飽きるだろう？　たまには外に泊まろうか」って言ってくれたりするんだけど、実家住まいならともかく、ふたりきりになれる場所があるのにわざわざホテルに泊まるっていうのはもったいなく感じて気が進まない。

「お金は俺が出すから気にしなくていいよ」と言ってくれるけれど、たまにならともかく、安くない金額をいつも奢られるのは、社会人として情けなくなっちゃうから嫌だ。

それに外に泊まるとなると、やっぱり外食したり飲みにいったりって感じになってしまう。私は夜重いものは食べたくないし、お酒も量を飲めないから、申し訳ないんだけど、一般的なデートはあんまり楽しめなかったりする。

でもそんな自分の考えが一般的ではないことくらいはわかっているし、理由を話せば隆二は理解してくれたけれど、申し訳ないって気持ちもやっぱりある。

　隆二は普段外食ばかりだから、手料理をすごく喜んでくれる。だからいつも隆二が私に合わせてくれることへの感謝も込めて、食材や細々した調理器具なんかの代金は私が出すようにさせてもらった。

　今日のメニューはキャベツと玉子のコンソメスープ、人参とごぼうの肉巻き、豆腐ディップとバゲット、それと野菜サラダ。全体的にお酒を飲む隆二のためのおつまみを意識して作っている。

「ん、今日は明太子？」

「そう。ピンクで可愛いでしょ。こっちはいつものアボカド」

　豆腐ディップはバゲットにもよく合うし、隆二も気にいってくれてしょっちゅう作るようになったメニューのひとつだ。作り方も水きりした豆腐と他の材料を混ぜるだけで簡単だし。いつもはアボカド味なんだけど、今日は辛子明太子味も作ってみた。

「ちょっとマヨ入れたんだけど、味濃くない？」

「いや、ちょうどいいよ。美味い」

　隆二はディップをたっぷりバゲットに塗りつけて、その上にサラダの野菜や生ハムを載せ豪快にかぶりつく。食べっぷりがいい人ってホント見ていて楽しい。

「バージン・メアリーはどう？」

「おいしいよ。こんなカクテルもあるのね」

「今日はレモンだけど、きゅうりとかセロリ飾ったりするのもいいよ」

「それだとカクテルっていうよりも、野菜ジュースじゃない」

趣味が違っても、意外と仲良くやっていけるのは食べ物のおかげかもしれない。そもそものきっかけはスイーツだしね。

私の料理をおいしそうに食べ、好きなお酒を飲んでにこにこしている隆二と一緒にいると、私も自然に笑顔になっていく。

「そうだ。来週の日曜サッカーの試合あるんだけど、見に来ない？」

手についたバゲットのくずを払いながら、隆二が思い出したように言った。

「試合かぁ……」

週末のほとんど一緒に過ごしていても、時には会えない時はある。それはイレギュラーな仕事を除けば、大抵サッカー関係だった。

なるべく隆二の喜ぶことをしてあげたいとは思う。けれど、そのために知らない人だらけの中に、ひとりで飛び込んでいく勇気はなかなか持てない。智美がプリンスのお姉さんに会いに行ったのなんて、本当にすごいと思う。……私だったら、出来るだろうか。

だってサッカーの応援、というだけでも恐ろしいもん。テレビなんかで見ていると、観戦している人たちはみんな当たり前みたいに肩を組んだり手を繋いだりしているし。

隆二と付き合い始めたからといって、以前からある接触嫌いなことが治ったわけじゃない。ただ、例外がひとり増えただけだ。とびっきりの例外だけどね。

でもとびっきりの例外だからこそ、隆二の好きなものを知りたいって気持ちもある。

隆二が参加しているフットサルやサッカーチームの試合や練習には、チームメイトたちが家族や恋人をつれて来るらしくて、これまでも何度か誘われていた。

試合や練習の様子を楽しそうに語る隆二を見ていれば、すごく私を連れて行きたいんだろうってことは容易に想像出来る。きっと気の利いた差し入れやお弁当持参で、仲間の奥さんや恋人たちと一緒に応援してほしいんだろうな。

まあ試合を見るだけなら、なんとか頑張ってみようかと思っていたら。

「終わった後はみんなでバーベキューするんだ。楽しいよ」

「バ、バーベキュー⁉」

「そう。メンバーに凝り性な奴がいてさ、そいつの作るスペアリブすっごくうまいんだ。百合も絶対気にいるよ」

ただ試合観戦するだけならともかく、バーベキューとなると話は全く変わってくる。

だって呑気に食べるだけじゃ済まないもの！

見ず知らずのチームメイトたちの奥さんや彼女たちと一緒に、下ごしらえだの後かたづけだのしなくちゃいけない。

いやするのはいいんだけど、そこには高度なコミュニケーションスキルが必要なのだ。

何しろ女同士が上手くやっていくのに必要なのは愛想だからね！

愛想……わかっていても、私には致命的に欠けている。空気を読めないっていうか、皆一緒に仲良くっていうのが、どうしても出来ないんだ。しかもかなりの人見知りで、初対面の人とまともに話せる自信が無い……。

黙って隆二の側にいるだけ、なんて他の人から見たらなんて非常識な女、って感じだし。どうしよう。隆二の雄姿は見たいけど、バーベキューはかなり気が重い。

「いいよ百合、無理しないで」

黙りこんだ私に、隆二が苦笑いを浮かべて言った。

「……ごめん」

私が断ることを半ば想定していたのかもしれない。隆二はそれ以上強く誘ってはこなかった。

「お互い苦手なことはあるからね」

「うん……、じゃあさ、ご飯食べたらサッカーのルール教えて」

「どうしたの？」

「い、いつか見に行く時のために予習は必要でしょ？」

今はこれが、私の精一杯の歩み寄りだってことも、理解してくれたんだろう。

「わかった」

隆二が嬉しそうに私の頭に手を伸ばすと、思いっきりかき回した。

食事を終えて、早速有料放送のサッカーを隆二の解説付きで見ていると、バッグの中の携帯が鳴った。しまった、マナーモードにしておくのを忘れてた。

急かすように鳴り続ける携帯を手に取る。ディスプレイに表示されていたのは、私にとって最も声を聞きたくない相手だった。

「あれ、百合出ないの？」

「ん……あとでかけ直す」

しつこく鳴り続ける音が耳障りだけれど、着信中に電源を切れば向こうにもそれがわかってしまうから、ただ相手が諦めるのを待つしかない。

「向こう行ってようか？」

俺も仕事の電話とか百合の前でも電話出ちゃってるし、と隆二が気を遣ってくれる。話を聞かれたくない相手なのは間違っていないんだけど、隆二を追い出してまで電話をしたい相手ではないのだ。

「いいよ、長電話する人だから」

「そう？」

音が途切れたから、そのまま電源を落として再びバッグへ突っ込んだ。これでしばらくはうるさくないだろう。だけどこれが問題の先送りだってことはわかっていた。

「……ホントに出なくて大丈夫か？」

私の髪を撫でながら、隆二がさりげなく尋ねてきた。顔を見れば少しだけ困ったように眉毛が下がってる。ああ、きっと誰からかかってきたのか訊きたいんだろうな。

「なぁに、妬いてるの？」

「……そういうわけじゃないけどさ」

付き合ってみてわかったのは、隆二は結構やきもち焼きだということだった。きっかけになった合コンの時、突然私を名前で呼び始めたのも他の男の人たちへの牽制だったらしい。

そんなことしなくてもあの場では隆二以外の男の人と話せなかったと思うって言っても、まだ気になるらしい。ホント心配性過ぎる。

私の人見知りって自分で言うのも何だけど、かなりのものだから、初対面で仲良くなるなんてまずないんだけどなぁ。

なんたって隆二は特別だ。今まで恋愛の良さなんてちっとも理解できなかった私に、それを教えてくれた男の人なのだから。

「別に気にするような相手じゃないよ」

そのまま隣に座ってる隆二の胸に頭を預け、鼻を擦り寄せた。隆二の匂いに、突然の電話でささくれ立った気持ちがゆっくりと癒されていく。

「百合……」

名前を呼ばれてそのまま視線を上げると、隆二のキスが降ってくる。額に、瞼に、頬に、輪郭を確かめるように顔中をなぞると、最後に唇に。始めは触れるだけのキスがゆっくりと深くなっていく。これが何度目か、なんて数えることはとっくの昔に止めた。

それでもこうしてキスすることや抱きあうことが当たり前になるまでは、多少時間がかかった。別に行為そのものが嫌なんじゃなくて、恥ずかしいのと私に経験が無いことが申し訳なかったからだ。引け目、というか、無知であることへの罪悪感というか。

隆二はそんな私の不安や戸惑いをひとつひとつ丁寧に解してくれた。だから今、こうして全てを委ねることが出来る。

隆二の手が、するりとカットソーの中に侵入してくる。キスだけじゃ終わらない気だ。

「ちょっと、お風呂入ってない」

「後でいいよ」

「駄目、今日は汗かいたから」

「気にしない」

「私は気にするの！」

叱るように言ってようやく、隆二は私へ触れる手をひっこめてくれた。

「じゃあ風呂一緒に入ろうよ」

拗ねたように口を尖らせて、隆二が懇願してくる。抱きあうことが当たり前になってから、もう何度も言われているお願いだ。

「もう！　嫌だっていつも言ってるじゃない！」

ただ一緒に入るだけなら、いいかもしれないけど、絶対にそれだけで終わるはずがないもん！　お風呂でなんか冗談じゃない！

「……はぁい。じゃあ俺先に入ってくるわ」

しぶしぶといった体で隆二がお風呂に消えてから、バッグの中に突っ込んでいた携帯を取り出す。電源を入れると、案の定しつこく電話をかけてきた履歴が残っていた。

「……やっぱり」

気持ちとしては、着信拒否設定にしたい相手。

だけど出来ないのは――電話をかけてきているのが、実の母親だからだ。

週末の夜は出ないってわかっているくせに、それでもかけてくるのが腹立たしい。かかってきたという記録を残しておくことすら嫌で、さっさと履歴を消去した。その後しっかりマナーモードに設定する。これでまたかかってきても大丈夫だ。どうせ大した用事じゃないだろうし。

「……ったく、しつこいんだから」

思わず舌打ちしてしまって、悲しくなる。こんなに母親と仲が悪いなんて、隆二にどうしても言えなかった。

隆二は「まあ、普通だよ」と言うけれど、かなり家族仲がいいと思う。家業を継ぐくらいなのだから、当たり前かもしれない。

「普通の家族か……」

仲がいいことが、標準だということはわかっている。つまり私は自分が少数派だとちゃんと認識してはいる。だからこそ、余計に言いたくない。

両親は優しく厳しく自分を受け入れてくれて、一人前の人間として扱ってくれて、兄弟は身近な理解者。そりゃ見えない部分でぶつかったり、いざこざはあったりするだろうけれど、それをひっくるめても、仲良くいられるのなら問題にすらならない。

でもいくら家族でも、合わない人ってのもいると思う。母と私のように。

私の両親も隆二の両親みたいだったら、よかったのにな。

そしたら、こんな面倒くさい性格になっていなかったのに。

いい年齢して責任転嫁しているみたいだけど、こうして母親から電話が来るたびに思わずにはいられない。

「百合」

「ひゃっ！」

いつの間にか隆二が側に立っていた。やだ、どんだけぼんやりしているんだ、私。慌てて持ったままだった携帯電話をバッグに突っ込む。

「何、さっきの人に電話かけてたの?」

「んー、そういうわけじゃないよ。私もお風呂、入るね」

母からの電話のことは、言いたくない。私は素知らぬふりをして隆二に背を向けた。


無視していれば諦めるだろうという私の希望も空しく、母からの電話はしつこく鳴り続けた。

そんな風に私の生活へ疎遠にしていたはずの母の存在が増し始めると同時に、隆二となかなか会えなくなってしまった。

『ごめん、仕事が立て込んでいて、しばらく会えない』

きっかけというか、始まりはそんな素っ気ないメールだった。だから私もあんまり深くは考えなかった。

「忙しいなら仕方ないね、落ち着いたら連絡ちょうだい」ってこっちもあっさり返事した。何しろお互い社会人だし、お給料もらってるんだからプライベートより仕事を優先しなくちゃいけない時はあるもんね。

だけどそんな余裕を持っていられたのは、2週間が限界だった。

それまで毎週末一緒に過ごしていたから、ふたりでいることが当たり前で、ぽっかり空いた週末に耐えきれなくなったのだ。

住所はわかっているのだから自宅に行けば会えるだろう。そう思って、金曜の夜に家の前で待ってみた。だけど結局、隆二は終電の時間ぎりぎりになっても帰ってこなかったから諦めた。

「……夜遅くにごめんな、さっき帰って来た」

メモをポストに残しておいたから、隆二はわざわざ帰宅後電話をくれた。でもその時刻はなんと午前1時過ぎ。

「ううん、私こそごめんね」

相当疲れているってすぐにわかる声だった。

「いや。……こんなに忙しくなるなら合鍵渡しておけばよかったな。そしたら家で待ってて貰えたのに」

「いらないよ。……隆二のいない家にいても仕方ないもん」

私の言葉に、隆二はふっと笑いながらも「ごめんな」と謝罪を繰り返した。

帰宅が終電にも間に合わないような忙しい相手に、「会いたい」なんて言えるわけがない。そうこうしているうちに、あっという間に1ヶ月以上が経過していた。

友達になら数週間、いや何ヶ月も会えなくたって平気だけど、恋人はそうじゃない。

智美を始め、恋人との時間を優先する友達を見ていればそんなことわかっていたはずなのに、私はちっとも理解してはいなかったんだ。

なんだか遠慮しちゃって電話はもちろん出来ないし、邪魔になったらと思うとメールも躊躇ってしまう。自然とこちらからは連絡しづらくなって。

となると私に出来るのは、ただ隆二からの連絡を待つことだけ。

待つのって、自分から何も出来ない分、こう、いらいらするというか、もやもやするというか……落ち着かない。仕事なんだから仕方ないって頭では思っていても、感情が納得出来てないんだ。

「なんか寂しいなぁ」

ひとりで過ごしていた時、ふと口からついて出た言葉に、正直自分でも驚いてしまった。

いつの間に、私はひとりで過ごすことが〝寂しく〟なってしまったんだろう。

付き合う前はひとりで十分楽しかったのに。

今じゃ美味しいケーキを食べると「隆二にも食べさせたいな」って思うし、珍しいお酒をお店で見かけると「隆二が好きそう」って思ってしまう。何をするにも思考が隆二に結び付いちゃうんだもの。

仕事の帰り、電車を降りた途端バッグの中で携帯が鳴った気がして、急いで取りだした。

……けれどそれは錯覚で、携帯には着信を知らせるアイコンは表示されていない。

思わずため息が出る。

「……ついに空耳まで聞こえるようになっちゃったか」

我ながら、なんだか情けなくなってくるよ。

「百合！」

背後から名前を呼ばれて振り向くと、智美とその恋人であるプリンス黒滝がいた。

「お疲れー！　電車一緒だったんだね」

「そうみたいだけど……なんでこの駅にいるの？」

智美とは同じ路線を利用しているけれど、通勤時はほとんど会ったことが無い。

というのも行きは私がとんでもなく早く出勤しているし、智美の所属する営業部は私の品質管理部よりも残業が多いから、待ち合わせでもしないと一緒にならないのだ。

「なんか美味しい焼鳥屋さんがあるって聞いたから、ちょっと行ってみようかって話になったの」

ね、と智美が最後同意を求めるように隣へ視線を向けると、黒滝は優しい笑顔で頷いた。

「ああ、それで……」

智美と黒滝は、週末だけじゃなくて平日もお互いの部屋を行き来する、半同棲みたいな生活をしている。だから終業後一緒にいることは別に珍しいことじゃない。しかも今日は金曜日だ。今までだって、何度も目にした光景。

なのにどうして……仲良さそうな様子のふたりを見たら、ちくりと胸が痛むんだろう。

「百合は、これから斎藤さんのとこに行くの？」

週末はいつも一緒に過ごしていると疑いもしない智美が、当たり前のように問いかけてくる。

「……行かない。っていうか、もうずっと会ってない」

「えっ⁉」

昼休みは取り繕えてたのに、どうしたことかふたりを目の前にしたら上手く嘘がつけなかった。

「ちょっと、喧嘩でもしたの？」

「喧嘩っていうか……」

つん、と目の奥が痛んだのを誤魔化すようにごしごしと擦る。

なんで急に泣きそうになっちゃってんの、私。

「……ちょっと、落ち着けるところに行こうか。訳有りっぽいし」

それまで黙っていた黒滝が言うと、智美は表情を引き締めた。

「そうだね。百合、行こう」

「いや、いいって」

促すように私の腕を摑んだ智美の手を外そうとしたら、抵抗するように力を込められた。

「そんな顔しといて、何言ってんの！」

そんな顔って、私今笑ったつもりだったんだけど。

「でも」

「いいから！」

いつになく強引な智美に引きずられるようにして、改札へと向かうことになってしまった。

そうして連れられてやってきたのは、駅前にあったチェーンのカラオケ店。

「ここなら防音だし、個室だし、飲み物食べ物はあるし。意外と話をするには向いてるよ」と智美からこの場所を選んだ理由を説明されて、納得する。

しばらく来てなかったからわかんなかったけど、遠くどこかの部屋の歌声が響いてくるだけで、曲を入れなければ部屋の中は案外静かなものだった。

「さあ、何があったのさ」

洗いざらい話しちゃいなさい、と智美は私の隣にどっかりと腰をおろして迫ってくる。

「別に何もない、はナシだからね！」

口にしようとした言い訳は、あっさりと見抜かれてしまう。そりゃそうだ、智美には私の性格や言動ばっちりと知られちゃってるもんね。

入り口近くに座った黒滝は、基本的に会話に加わらないつもりらしい。飲み物を頼んだ後は黙って視線を外してくれた。

なんか申し訳ないな、デートの邪魔しちゃって。大したことないのに。

でもこうなっちゃったら一から十までちゃんと説明しないと智美は納得しないだろう。

「……1ヶ月ちょっと前からなんだけど」

仕方なく胸を塞いでいる出来事を話した。仕事だと言われて突然途絶えた連絡に、戸惑っていること。家にもまともに帰れない生活をしているようだってこと。

「連絡は全く無いの？」

「全くってわけじゃないよ。でも、以前と比べたらゼロに近いかも」

「喧嘩とかは、してないんだよね？」

「それはない。ただ、向こうが忙しいだけ」

「弁護士さんの仕事って、メールも出来ない程忙しいのかな……」

首を捻る智美に、黒滝が苦笑しながら口を挟んできた。

「職業というよりは、人によるんじゃないかな。マルチタスクが出来ないタイプかもしれないし」

恋と仕事を両立出来ない男は案外多いよ、と当の男性である黒滝に言われると、説得力があるような気がしてくる。

「じゃあ、このまま大人しく待っていればいいってこと？」

そうすれば元に戻れる？

ふと頭に浮かんだ「元に」という考えに、愕然とした。だって私の中で隆二と一緒にいることがデフォルトになっちゃってる。

こんなにも心の中に、隆二は入り込んじゃってたんだ。

そりゃ寂しくもなるよ。もやもやもしちゃうよ。だってもう私にとって、ひとりでいることの方がイレギュラーな事態なんだもの。

黒滝に確認するように視線を向けると「しつこく連絡するよりはいいんじゃないかな」と言った。その言葉に、少し安心する。

仕事と私とどっちが大事なの？　なんて馬鹿なことを言ってしまう前に、第三者の男の人である黒滝の意見を聞けてよかったかもしれない。

「……なんか、悪かったわね。デートの邪魔しちゃって」

仲睦まじいふたりを見て盛り上がった良くない感情が落ち着いてきたら、申し訳ない気持ちが湧いてくる。

「別にこのくらいいいですよ。まあ、小林さんには色々借りありますし」

「そうだったわね。じゃ、さっきの謝罪はナシで」

智美と付き合い始めた頃のことを思い出せば確かに、黒滝に対して貸しはいくつかある。どんな恋人同士にもつきものの紆余曲折にたっぷり付き合わされたからね。

何しろこのふたりが喧嘩した時、智美の逃げ場所は大抵私の所なのだ。

あっさり前言撤回すると、黒滝は「その方が小林さんらしいですよ」と笑った。

その笑顔は、女の子たちがきゃあと叫んで喜びそうなほどの色気に加えて、正反対とも言える安心感を与える誠実さが絶妙な具合に混ざり合っている。さすが我が社のトップ営業、この微笑みで男も女もイチコロって感じか。

黒滝は隆二とはまたタイプが違う。身長は同じくらいのはずなのに、しなやかに伸びた手足はスタイルの良さをこれでもかと示していて、柔らかな物腰と相まってとてもスマートだ。整った顔を彩る表情は穏やかでありながら洗練されていて、プリンスというふざけたあだ名はあながち間違いじゃないなと思わせる格好よさだ。

「俺の顔になんかついてますか？」

あまりにもまじまじと見つめすぎたせいか、黒滝が少し困ったように言った。

「ううん、イケメンだなと思って」

「わぁ、小林さんに褒められた」

「ホント、百合が褒めるなんて珍しい！」

智美まで驚いたように言う。何よ、今までだって褒めたことあるわよ。

「ま、私のタイプじゃないけど」

どんなに格好よかろうがスマートだろうが私にとって黒滝という人は、ぶっちゃけその他大勢の男の人と一緒だ。まあ智美の恋人だから余計にそう思えるのかもしれないけどね。

隆二だって顔は整っているけれど、私にとってそれはあんまり重要なことじゃない。だって思い出すのは、困ったように首を傾げている様だとか、垂れた目尻をもっと下げて笑っている顔とかなんだもん。

やっぱり私にとって、特別は――隆二だけ。

友達の恋人と比較して改めて実感するなんて、なんか変なの。

でもそんな風に思ったのは私だけじゃなかったみたいで、3人で思わず顔を見合わせて笑ってしまった。

その時、不意に私のバッグの中の携帯が着信を告げる音を響かせた。今度こそ、空耳じゃなくて本当の着信音。

噂をすれば影が差すって言うし、もしかして、隆二!?

飛びつくようにして携帯を手に取ると、そこに表示されていたのは……実家の電話番号。

しまった、母の携帯からの着信は鳴らないようにしていたけれど、実家の電話はすっかり頭から抜けていた。

「ああもう！　鬱陶しい！」

うっかり期待してしまった分余計に腹が立って、電源を切ってしまう。

「ちょっと、いいの？　誰？」

私のあまりの剣幕に、智美が心配そうに言った。

「いいのいいの。母だから」

「ああ、そっか……」

智美は私と家族、特に母との確執を知っているから、仕方ないねというように肩を竦めた。

だけど今この場には、事情を知らない人もいる。案の定黒滝は何が起きたのかわからないようで、目をぱちくりとさせていた。

そうだ。黒滝と隆二の共通点、あるじゃない。ふたりともいいところのボンボンで、家族仲がいい。

じゃあきっと、智美が納得したのはどうしてか、わかんないだろうな。

「別に大したことじゃないのよ。ちょっと母とは絶縁しているだけで」

「絶縁って、随分物騒だ」

「まあ絶縁と言っても、私が一方的に連絡をはねつけたり、実家に帰らなかったりするだけで、向こうからはなんだかんだと干渉してくるんだけどね」

「……事情、聞いてもいいんですか？」

黒滝が遠慮がちに問いかけてきた。まあ普通は悪いこと訊いちゃったとか思うよね、絶縁とか言われればさ。

「別に隠してるわけじゃないから、いいわよ。ていうか、ちょうどいいから愚痴聞いて」

ただ、あまり言いふらす類の話じゃないだけ。身内の恥というか……。

正直友達にだってこのことを愚痴ることはほとんどない。盛り上がるような話じゃないからね。

「女の子の好きな色って、赤とかピンク、でしょ。程度はあるだろうけど可愛いものが好きで花柄とかフリルとかレースとか、キャラクターものとかも好きじゃない」

「そうですね」と黒滝が相槌を打ちながら智美へ視線を向ける。智美の今日の服装はちょうどピンクの花柄チュニックだ。ふんわりした優しい雰囲気の智美によく似合っている。

「……ウチの母はそういう、とにかく『女の子らしい』ものが大っ嫌いな女だったのよ」

「というと……」

「髪はベリーショート、好きな色はモノトーンかグレー。装飾品は大嫌い。可愛らしいものはもっと嫌い。使うものは機能性最優先」

「それはまた……徹底してますね」

「でしょ。そんな人だから、当然私にも同じことを押し付けたわけよ。……それこそ物心がつく前からね。元々私と母は顔の造りとか体格とか、似ている部分が多かったし」

「お母さんも身長高いんだよね」

「そう、私より高いわよ。１７５㎝くらいあったかな」

智美の言葉に、母の全体像を頭に思い浮かべた。いつも真っ黒な服を着て、すっと背筋を伸ばしている姿を。

ただ身長は母だけじゃなくて両親から受け継いだものだ。何しろ父も190㎝あったりする。だからふたりが並んでいると結構な迫力がある。

女で高身長だと、ただでさえ可愛いものは似合わない。だから自然とファッションはシンプルなものやクールなデザインが多くはなってしまう。私だって普段の格好はシンプルなものが一番似合っていると思う。ただ、似合っているから好きってわけじゃない。

「だけどどんなに外見が似ていたって、中身まで同じとは限らないでしょう?」

〝ピーナッツ親子〟という言葉があるように、まるで双子か姉妹のように外見も中身もそっくりな親子もいるけれど、私と母は違った。

「私は母と正反対の、ごくごく当たり前に女の子らしいものや可愛いものが大好きな子供だったんだよね。もちろん、今も大好きよ、こういうやつ」

鞄からポーチを取り出して、黒滝に見せた。ピンクで、レースやリボンがたっぷりついたガーリーなデザインのもの。もちろんお手製だ。

「ハンカチやティッシュは柄の入ったキャラクターものが好きだったたし、ぬいぐるみやお人形が欲しくて仕方なかった。……だけど」

……母は、決してそれらを与えてはくれなかった。

後に続く言葉を、プリンスも容易に想像できたんだろう。気まずげに「難しいですね」

と呟くに留まった。

　隆二がいつも褒めてくれる髪をひと房、つまんで眺める。毎日手入れを欠かさず、月に一度は美容室でトリートメントもしている、自慢の髪。

「髪だって、こんな風に伸ばせるようになったのは、大学に入ってからよ。そのくらい母の押し付けはすごかったわ。ずっと男の子みたいなショートヘアしか許してもらえなかったもん」

「お母さんは長い髪が何で嫌だったのかな」

　智美が不思議そうに首を傾げる。

「乾かすのが面倒だから、だってさ。ベリーショートなら寝ぐせも無いしね」

「……徹底してますね」

　黒滝が苦笑しながら言った。そう、母は徹底的過ぎるのだ。

「髪型だけじゃなくて、スカートも機能的じゃないからと制服以外に買ってもらったことないわ。もちろん身の回りの物は全てモノトーンと機能性重視の可愛さなんて欠片も無いものばかり。頑張ってもせいぜい色が紺色になるくらいが限界だった」

　そんな私がようやく手に入れることの出来た「女の子であることの証明」である髪を褒めてもらえて、どんなに嬉しかったかなんて、隆二は知らないだろうな。……知られたくも無い、情けなさすぎる！

「ま、ひとり暮らししてようやくそんな母から解放されたってわけ」

ひとり暮らしは私にとってパラダイスだった。今まで我慢していた分、私の中の「乙女趣味」は弾けに弾けた。その結果が「乙女ルーム」なわけだ。似合わない服は着ないことだけが、辛うじての自制って感じ。

ずっとずっと押さえつけられていた可愛いものへの執着が解き放たれてしまったら、もう母の言うことなんて聞けるわけない。

それが一方的な絶縁の理由だった。

「離れて暮らしてるなら、絶縁までしなくてもいい気もするけど」

ところがまだ理解出来ない、という風に黒滝は呟く。

「甘い！」

言って理解してくれるような相手なら、絶縁したりなんかしない。

「大学の時だけどね。私が学校に行ってる隙にひとり暮らししてた部屋の模様替えされたことあるのよ。可愛いものは根こそぎ捨てられて、母の言う『ちゃんとしたもの』に替えられてたわ」

家に帰ってきた私に、母はにっこり笑いながら「これで暮らしやすくなったでしょ。駄目よ、あんな派手な役に立たないようなものばかりに囲まれてたら。あとその髪もさっさと切りなさい」と言ったのだ。

すぐに自費で鍵をつけ替えたけれど、その場所は親に保証人になってもらっていたこともあり、就職して住まいを移すまで迷惑な訪問は何度か続いた。

「それは……」

この話をすると、大抵の人は、ひく。やっぱり黒滝も絶句してしまった。

最も迷惑なことが、母の行動は１００％良かれと思ってのものだということだ。

自分にそっくりな娘に似合うのはこれ、役立つのはこれ。口答えすれば、「お母さんの方が正しいんだから従いなさい」と聞く耳も持ってもらえなかった。

人間関係もそうだった。あの子の親はよくないから付き合うな、あの子は清潔じゃないから付き合うな……全てにおいて管理されていた。

私の他人への接触恐怖症やコミュニケーション能力の低さは、母のせいだとしても、言いすぎじゃないと思う。

「お父さんもお母さんと同じ価値観の方だったんですか？」

「同じってわけではないかな。でも母のやり方に何か言ってくれる人でもなかった」

父は家ではあまり存在感の無い人だった。仕事熱心で家庭のことは母に任せきり。

だけど私に無関心だったわけじゃない。休みの日には一緒に遊んでくれたし、家族旅行にも連れて行ってくれた。進路の相談をした時は好きな道に行けと言ってくれたし、一人暮らしにも賛成してくれた。お陰で家を出られたのだ。

「まあ、母の過干渉だって、愛情からだということはわかっているのよ。だから育ててくれたこと自体には感謝してるの。だけど価値観が決定的に合わないって感じ」

嫌い、というのとはちょっと違うのだ。

「合わない人と折り合いをつけるには、こっちから離れるしかないでしょ？　だから絶縁してるわけ。まあ、一方的にだけど」

「なるほど……」

ようやく納得できたという風に、黒滝がため息を吐いた。

「悪いわね、重い話聞かせて」

「いや、いいですよ。話せって言ったのはこちらですしね」

「話して軽くなるならじゃんじゃん話せばいいんだよ。いつも私が百合に話聞いてもらってるんだから、お互い様だし」

智美はマイクを持つと明るく「そうだ、せっかくだし、歌って行こ！」と笑った。

「いいわね、滅多に来ないし」

「じゃあ食べ物も頼もうか。小林さんと智美は曲入れなよ」

黒滝がフードメニューを広げると、にっこり笑って言った。

「ふたり共知ってる？　この店のから揚げはウチの商品」

「えー！　そうなの!?」

「ならから揚げ頼もう、売上に貢献しなきゃ！」

その後みっちり3時間カラオケを楽しんで、ふたりと別れる頃にはさっぱりした気分になっていた。やっぱり誰かに話すっていうのは、気分転換になるんだなぁ。

このまま素直に待っていよう。落ち着いたらきっと連絡くれるだろうしね。


何も予定が無い週末は、大抵何か作っている。家でのんびり、お気に入りの紅茶を入れて、好きなお菓子をつまみながら無心で針を動かしているのは至福のひと時だ。

智美たちとカラオケをした翌日も、せっせとハンドメイドに励んでいた。隆二と会えないからって最近くさくさしてたけど、そんなんじゃ駄目だもんね。

今日作っているのは布製のコースター。いくつか作って隆二の家に持っていって使おうって思ったんだ。端切れを組み合わせて市松模様にした簡単なやつ。

一つ目が完成した時、来客を告げるチャイムが鳴った。

「誰だろ」

最近通販は利用していないし、友達との約束は無い。となると土日の午前中に来客がある理由がぱっと思いつかなかった。何かの営業だったら、無視してた方がいいかも。

逡巡していると急かすようにまたチャイムが鳴る。

「……はーい」

仕方なくドアを開けると、そこにいたのは。

「相変わらず手間のかかりそうな髪をしているわね」

呆れた顔でこちらを睨みつける母だった。

ベリーショートの髪に「肌を綺麗にしていれば化粧なんていらないのよ」っていう主張通りの薄化粧。上から下まで真っ黒ないでたち。しばらく会っていなかったけれど、ちっとも変わっていない。

「ちょっ……！」

突如現れた母の姿にあっけにとられていると、ずい、と紙袋が差し出された。

「さっさとそれに着替えなさい。出かけるわよ。下に車待たせてるんだから、急いで」

「だから、いきなり何よ！」

すると母がきり、と眦を吊り上げる。

「いきなり？　何度も電話したのに無視したのは誰かしら？」

「……それは」

一方的に無視していたのは確かに私の都合だから、一瞬言葉に詰まってしまった。

「私からの電話にも出ない、家からの電話にも出ない。お父さんと一緒にすごく心配していたのよ？　何かあったんじゃないかって」

「便りが無いのは元気の知らせっていうじゃない。そもそもいい年齢の娘は親にしょっちゆう連絡なんかしないわよ」

「アンタが連絡よこさないのは勝手だけど、こっちの連絡は必要だからしていたんですけど？」

「だ、だからって突然押し掛けて出かけるって、おかしいでしょうが！　どういうことよ？」

「どうもこうも、お見合いよ」

「はぁ!?」

突然何を言い出すんだ、この人は。しかもお見合いって……当日に言うことか!?

「私がアンタを産んだのは26歳の時よ。同じ年まで好きにさせてあげたんだから、もういいでしょう。とっとと身を固めなさい。いい年齢だって自分でも言ったじゃない」

これでも遅いくらいよ、と母は大げさにため息を吐いた。

最近電話が多かったのは、見合いのためだったのか……って当の本人置き去りで何話進めてんの!?

「何馬鹿なこと言ってんのよ！　勝手に決めないで！　お見合いなんてお断りだから、さっさと帰って！」

「馬鹿なこと言ってんのはアンタでしょう！　さっさと着替えなさいっ！」

怒鳴られて反射的に身体が竦んだ。その隙に腕を取られて部屋の中に侵入されてしまった。小さい時からこうして怒鳴られていたせいで、強く言われると動けなくなってしまう。

だから、離れたのに。

絶縁なんて口にしていても、結局住所や電話番号は知られているんだから、こうして押しかけられてしまえば、意味が無い。中途半端なことしか出来ない自分に腹が立つ。

「まったく……何なのこの部屋は。ごてごて飾り立てて何が楽しいんだか」

母は部屋を見回すなり呆れたように言った。

「さあ早く着替えなさい！」

「見合いなんてしないから。もう帰ってよ」

「いい加減にしなさい！　だいたいアンタ、決まった相手もいないでしょうが」

「付き合ってる人くらいいるわよ！」

「週末家でこんなものを作っている女にいるわけないでしょう」

母はまるで汚いものにでも触れるように、テーブルの上に置いてあった私の作ったコースターをつまみ上げて顔を顰《しか》めた。

「何それ……」

こんなものって……、いくら自分に必要が無いからって、そんな言い方しなくてもいいじゃないか！

「それにちゃんと調べましたから。アンタに決まった相手なんていないって」

「……はぁ!?　調べたって……」

　一体どういうこと!?

「ここ1ヶ月、会社帰りに誰かと出かけたり、ましてや泊まりに行ったりなんてしていないそうじゃない」

「何でそんなこと知ってるの!?」

　隆二と会えなくなってからは、ほとんどひとりで過ごしていた。会社帰りにどこかに寄り道なんて智美たちとカラオケに行ったくらいだ。元々隆二と付き合う前はそんな生活だったし。

「お見合いするんだから、身辺がきちんとしているかどうか調べるのは当たり前でしょうが。それに連絡取れなくて何かあったんじゃないかって心配だったのもあったし」

　母はけろりとした顔で言い放った。

　い、いくら心配したからとはいえ、娘の行動調べるって……そこまでする?!

「それにしたって、あんまりじゃない！　あと付き合ってる人、ちゃんといるし！」

「何見栄張ってるんだか。いるなら証拠を見せなさい。出来るもんならね」

「うっ……」

　証拠、と言われるとすぐに思いつかなかった。そもそも結婚ならともかく、付き合ってることの証明って難しい。まだ遠出とかしてなかったから一緒に撮った写真も無いし。

連絡すれば、いいのかな。隆二から直接「付き合っている」と言ってもらえれば母も納得してくれるだろう。でももしかしたらこの週末も仕事に追われているかもしれない隆二を思えば、こんなくだらない私の家族の揉め事に巻き込む訳には、いかない。

結局何も出来なくて黙りこんだ。そんな私を見て母は勝ち誇ったように嗤うと、また大きくため息を吐きながら言った。

「全く、反抗期が遅いのも困りものだわ。さあさっさと着替えなさい。何度言わせるの！」

反抗期、か。私はいつまで母のいいなりの子供でいなくちゃいけないんだろう。

母が持って来た服は、まっ黒な化繊のワンピースだった。そりゃあ黒は冠婚葬祭何にでも使える色ではあるけど、シンプルすぎるデザインは下手すると喪服にしか見えない。これで見合いなんかするのは失礼な気もするけどなぁ。

まあ、母が選んだというのならスカートであるだけまだマシなのかもしれない。これまで四半世紀生きて来て母のスカート姿なんて見たこと無いもの。今だってパンツスーツだ。

しぶしぶ着替えて急かされるままに適当に化粧も済ませると、タクシーに押し込まれた。

「いつまでもそんな仏頂面してるんじゃないわよ」

……させてんのは誰だよ。

せめてもの抵抗として母から顔を背け窓の外へと視線を向けた。

そんな私の態度など綺麗に無視したまま、母は見合い相手のプロフィールをべらべらと話し始めた。もちろん右耳から入って左耳から抜けていく。

ところが、気になる単語が飛び込んできた。

「お年は32歳で、弁護士なさってるのよ。ご実家は――」

「32歳で弁護士って、名前は!?」

慌てて聞き返すと、母は呆れた様に「さっきも言ったじゃない！」と声を荒らげた。

「都筑《つづき》さんよ」

当たり前っちゃあ当たり前なんだけど、斎藤じゃない。

「あ、そう……」

一瞬、隆二かと思っちゃったじゃないか。同い年で職業まで一緒なんて偶然にしては出来すぎだよ。

「弁護士なんてどこで見つけてきたんだか……」

苛立ちを隠しきれずに呟くと、母は「お父さんの会社の方からの紹介よ」とあっさり言った。

「お父さん!?」

娘の恋愛だの結婚だのなんて一番関心なさそうなのに。

「そうよ。お父さんもアンタのことちゃあんと気にかけてくれてるんだから」

父の名前を出されると、文句も言いづらい。

それにしても気にかけてくれるその気持ちはありがたいけれど、もう少し他の方面に向けることはできなかったのかな、お父さん……。娘としては、どちらかというとこの暴走機関車のような母を抑えることに使ってほしい。

「だから今回のお話はありがたくお受けしなきゃいけないわ」

「……ちょっと待ってよ。百歩譲って会うのはいいとしても、その後のことなんて会ってみなきゃわかんないじゃない。相手が断ってくる可能性だってあるでしょうが」

「私の娘なんだから、相手が気にいらないわけないじゃない」

「……あっそ」

この母のわけのわからない自信は、一体どこから出てくるんだろう。自分の娘がどんな風に育っているのか、全く把握していない癖に。不思議なことに意外と夫婦仲はいいんだよなぁ。全く理解できないけど。

「それに向こう様はとってもハンサムよ」

「はいはい」

どんなに顔がいい相手でも、私にとっちゃその他大勢と一緒だ。

――隆二以外は。

「って、もしかして私の写真、向こうに見せてるの!?」

「当たり前じゃない」

「ちょっと、いつの写真⁉」

実家そのものに寄りついていないから、最近の写真を母が持っているはずはない。

「成人式のよ」

成人式って、もう6年も前の写真じゃないの。

あの時は母の好みで総絞りの黒い振袖着せられたから超仏頂面で写ってたはず。そりゃ値段で考えれば私の着たがったものよりも母が選んだものの方が何倍も高価だろうけどさ、こういうものは値段じゃない。成人式くらい着たいもの着せてくれてもいいじゃないかって恨んだ記憶しかないわ。

その写真を見ず知らずの人に晒されたなんて……恥ずかしすぎる！

隆二とこれまで通りに過ごせていたら、母の急襲も避けられたし、お見合いなんてしなくてもよかったのに。八つ当たりだってことはわかっているけれど、むくむくと隆二に対する怒りが湧いてくる。昨日仕事について口出さないって決めたはずなのに。

ああ、もう、嫌だ！

「ほら、着いたわよ。にこやかにしなさい、にこやかに！」

「……わかったわよ」

着いた先はいかにもなシティホテル。どうやらここのラウンジでお見合いするらしい。

結局相手の名前と年齢、そして職業だけしか頭に残らないまま、臨むことになってしまった。

予約していた席に案内されると、先方は既に席についていた。母よりは幾分年上に思える着物姿の女性と、スーツ姿の男性が揃って立ち上がる。

「どうも、初めまして小林と申します。これは娘の百合です」

「こちらこそ初めまして。都筑です。息子の隆弘《たかひろ》です」

親同士がぺこぺこと頭を下げ合っているのを、うんざりしながら眺めていると、見合い相手と目が合った。瞬間、なぜか相手の表情が親しい人と会ったようにふっと緩んだ。

「こんにちは。今日はよろしくお願い致します」

さすが弁護士、人当たり良さそうだ。どこかで見たような印象のある、嫌みの無い程度に整った顔立ち。確かにハンサムと言えばハンサムなんだろう。でもそれだけだ。どんなに格好良くても、私の心はぴくりとも動きゃしない。

「……初めまして、よろしくお願いします」

しぶしぶ挨拶をすると、お見合い相手の都筑さんはなぜか少し驚いたように目を見開いた。……そんなに不機嫌さでちゃってたかしら、私。

とりあえずこの場を切り抜けなくちゃ。相手に罪は無いんだし。

「百合さんのお勤めは食品会社でしたかしら」

当たり障りのない仕事のことから、会話は始まった。と言っても話しているのは当人同士ではなく、互いの母親たちだ。

「ええ、ブロイラーの生産・処理、加工食品の製造及び販売をしております。今は品質管理部の方に」

母から確認するように目線が向けられたので「ええ、まあ」と適当に頷いた。それ以上は話す気ありませーんって顔でコーヒーを啜る。

「ウチの息子は今知人の事務所におりますのよ。いずれは父親の跡を継いでもらう予定ですわ」

ふぅん、この人も後継ぎなわけか。まあ弁護士って普通自営業だもんね。

何重にもオブラートに包んだ言葉の応酬は、聞いているだけでうんざりしてきちゃう。気を紛らわせるために窓の外に目を向けた。ラウンジから中庭の噴水や花壇が見える。母親同士の情報交換が終わったら「後は若い者同士で……」なんて言われちゃうのかしら。

まともに会話をする気にはとてもなれなくて、問いかけられたことに「はい」だとか「ええ、まあ」なんておざなりに返していると、都筑さんが突然声を上げて笑いだした。

何だ急にこの人は。

「ねえ、百合さん。僕に見覚えない？」

「……ありません、けど」

どこかで見たような感じはするなと思ったけど、それは知り合いだとかそういう類ではなく、雑誌なんかでよくいるよねこういうタイプ、というものだ。脳内をひっくり返してみても、全く見覚えは無い。

「僕は一度あなたにお目にかかったことがあるんだけどな」

「へっ⁉　どこでですか？」

会社以外で男の人と、ましてや弁護士となんて出会う機会無いよ！

なら大学時代？　理系だったからそりゃ周囲は男ばっかりだった。でも、目の前の相手は私よりも6つも年上で、尚且《なおか》つ弁護士ってことは畑違いの法学部卒。都筑なんて名前にも、覚えが無い。

というか私の通っていた大学にそもそも法学部無いし！

じゃあどこ⁉

だって私と交流ある男の人って、それくらい思いつかないんだ。それこそプリンス黒滝と、同じ品質管理部の男性社員くらい。

も、もしかしてちらっと見かけただけとか、どこかの店ですれ違ったとかってことは無い、よね。それで私を気にいってお見合いにこぎつけた、なんて考えはさすがにドラマの見過ぎだ。

私が軽いパニックに陥っていると、都筑さんはますます面白そうに笑い続ける。

「すごいな、眼中に無いって、まさにこのことだ」

「すみません、全く覚えがないんですけど、どちらでお会いしましたか？」

「うん、それはこの後来るナイトに聞けばいいよ」

「ナイト？」

ナイトってあれ？　中世のヨーロッパとかファンタジー映画なんかに出てくる騎士のこと？　全く理解できていない私に「白馬には乗ってないけどね」と言うと、都筑さんは時間を気にするように腕時計に目をやる。

ますます訳がわからない。

首を傾げていると、何やらバタバタと大きな足音が近づいてきた。誰だろう、こんなホテルで走るマナーのなってない人は。

「ほら、来たよ。珍しい。いつも時間には正確なのに、ちょっと遅刻かな」

堪え切れないとばかりに口元を覆った見合い相手に促されて振り向く。

「えっ!?」

だって、だってそこには。

「ごめん、遅くなった」

肩で息をする、隆二がいたからだ。

仕事の時はきちんとセットされているはずの髪の毛は、くるくるのくせ毛の先があちこちに飛び散っている。ネクタイはひしゃげているし、走って来たせいかスーツも着崩れてなんだかくたびれていた。

その姿はまるで、最初の最初に会った時みたい。だけど身なりを構わないその姿から隆二の必死さが胸に迫ってきて、泣きそうになる。

でも、どうして私が今日この場所にいるって、わかったんだろう。

「なんで……」

「……どちらさまですか？」

ここにいるの⁉　と言おうとした私を遮るように、母の硬い声が響いた。

隣をちらりと見れば、眉間に皺がよって目尻がつり上がっている母の姿。……やばい、これはかなり怒っているよ。

ところが隆二はそんな母の態度など意に介さず、「申し訳ありません！」と大きく頭を下げた。そして勢いよく頭を上げると、母を真っ直ぐに見て言った。

「お嬢さんとお付き合いしている者です。この見合いは止めて頂けませんか」

「あ、あなた何おっしゃってるの」

あの唯我独尊《ゆいがどくそん》を絵に描いたような母がうろたえている。さすがに混乱しているみたいだ。

そんな母にとどめを刺すように、隆二はまた頭を下げる。

「僕は百合さんじゃなきゃ、駄目なんです！　どうか、お願いします！」

その大きな声は、周囲から何事かと注目を集めるには十分で。

母は案の定周囲の反応が気になったんだろう、「わかったから、とにかく頭を上げて」とあたふたしながら言った。

「ありがとうございます」

すました顔で頭を上げた隆二は私に向き直り、すっと手を差しだした。

「百合、行こう」

私がおずおずと隆二の手を取ると、強く握られるのと同時に、腕を引かれ抱き締められた。もう私に馴染んだ、隆二の匂いが私を包みこむ。

「それでは、失礼します」

踵を返すと、母の「ちょっと待ちなさい！」という金切り声が引き止めてきたけれど、綺麗に無視して、ふたりで走りだした。マナーは、この際無視だ。

そんな私たちの背中を、都筑さんの我慢できないとばかりに大きな笑い声が追いかけてきた。

「斎藤ー、ひとつ、貸しだからな！」

外へ向かうのかと思いきや、隆二は正反対のエレベーターへと私を導いた。

ちょうどよく到着したエレベーターに乗り込み、ようやくひと心地ついたと思ったら、無性に笑いが込み上げてくる。

「あの母さんの顔……！」

母娘揃って、同じ手法に引っかかるって、なんて間抜けなんだろう。隆二の雰囲気や言い方がそうさせるのかもしれないけど。母のあんな顔、初めて見た！

「可笑しかったね」と隆二の顔を見上げたら、笑いなんてどこかに吹き飛んでしまった。だって――私を見つめ返した隆二の瞳には、それこそ今まで見たことも無い、冷たい怒りが光っていたからだ。

「……隆二？」

戸惑いながら名前を呼んでも、答えはもらえなくて、不安がむくむくと湧き出してくる。これまでの数ヶ月の付き合いで、隆二が怒っているところなんて見たこと無い。いつもにこにこと笑っていてくれたのに。今はその微笑みすら、どこかへ仕舞いこんでしまったようだ。こんな隆二を、私は知らない。

到着を告げる音が鳴り響いて扉が開くと、繋いだ手に、ぎゅっと力が込められた。それで少し安心する。よかった、離されるわけじゃないんだ。

だけど私の手を引いて歩きだした隆二は、何も言ってくれない。

「隆二。どうしたの？」

尋ねたいことは、そもそもいっぱいある。

どうして私がここにいることを知っていたのか。

どうして駆けつけてくれたのか。

そして、なんで怒っているのか。

隆二は何度名前を呼んでも、問いかけても何も答えてくれなかった。そのまま客室へと入っていくから、私もその後に続く。

「ねえ、いい加減……っ!?」

痺れを切らした私の声を封じたのは、隆二の唇だった。強く抱き締められ、口づけられる。

「んむっ……」

強引に唇がこじ開けられ、隆二の熱い舌が私の中へ入り込んでくる。ぐるりと歯茎を舐められた後、探るように口蓋を撫でられて、ぞくりと身体が震えた。

どこをどんな風にすればいいのか、隆二はもう私の隅々までを知りつくしている。的確に私の弱いところを刺激されて、身体から力が抜けていく。

だってひとりの週末は寂しくて堪らなかった。今みたいにずっと隆二とキスしたかったし、抱き合いたいと思ってたんだもの！

「やぁっ……！」

だけど今の隆二は、いつもの隆二じゃない。そのことが身体に染み込んだ快感に全てを委ねてしまうことを躊躇わせた。この疑問を、キスで誤魔化されたくない。

なんとか私を閉じ込めている腕から逃れようとするけれど、びくともしない！

「りゅ、うじ……やぁ……」

「なんで？」

びっくりするほど冷たい声が返ってくる。

「俺とキスするの、嫌なの？」

「ちが……」

嫌なんじゃない。

ただ、いつもと違う隆二が、無性に怖いだけ。

怒っているなら、その理由を教えてほしい。そう思うのはいけないことなの？　何が地雷だったのかわからないままに、怒られなきゃいけないの？

私はまるでヒーローみたいに迎えに来てくれて、あの母に頭を下げてくれたことが、すごくすごく嬉しかった。だけど隆二にとってはそうじゃないなら、ちゃんと説明して欲しかった。

「他にいい男でも出来た？　俺に飽きた？」

「何で、そうなるの？」

胸に手を当てて考えても、疑われることなんて、何一つない。やきもち焼きなのはわかっていたけれど、この言い草はあんまりだ。そもそも私が言うならともかく、ほったらかしにしていたのは、隆二の方じゃないか！

急激に怒りが湧いてきて、隆二の靴を踵で思いっきり踏んづけた。一瞬隆二が怯んだ隙に腕の中からなんとか逃げ出す。けれど、部屋の出入り口からは逆に遠ざかってしまった。失敗した、ドアを開けて外に出ればよかった！

そんな短い逡巡の間に、再び腕を取られて強引に振り向かされる。

「じゃあなんで見合いなんかしてるんだ！」

ものすごい隆二の剣幕に、私の頭に一気に血が上って、負けじと言い返した。

「好きでしたわけじゃないわよ！　母さんに無理やり連れてこられたんだもの！」

「断ればいいじゃないか！」

「それが簡単に出来れば苦労しないわよ！」

「俺がいるのに？」

「仕方ないじゃない！　だいたい見合いすることになったのは隆二のせいなんだから！」

そうよ、隆二が仕事で忙しくなんかなければ。いつも通り週末を隆二の家で過ごしていたら母に押しかけられてもなんともなかったのに！

「何で俺のせいなんだよ！　付き合ってる相手がいることくらい子供じゃないんだから言えるだろう!?　それとも、俺は親に紹介出来ないような存在なのか?!」

「付き合ってる人いるって言っても、信じてもらえなかったの！」

連絡を取ることだって、仕事の邪魔になったらいけないと思って我慢したのに。私が悪いの!?

「今日だって、家に押しかけられて強引に連れ出されたんだもん。父さんの会社の人からの紹介だって言われて……親の面子《メンツ》潰すわけにいかないじゃないの！」

あまりの悔しさに涙が滲んでくる。流れ落ちそうになるそれをでたらめにこすった。泣くのはなんだか負けた気がする。だって私は何も悪いことしてないもん！

「なのに勝手に怒って……、もういい加減にして！　隆二の馬鹿！」

今までの不安な気持ちと怒りとが混ざり合って、一気に沸点を超えて噴き上げた。

「百合！」

隆二の腕がまた私を抱き寄せようと伸びてきたから、身を捩って必死に逃げた。だけど腕を摑まれていたから、結局逃げ切れなくて抱き締められる。

「もうやだ！　きらいっ！」

無茶苦茶に手足を動かして、隆二を殴りつけた。持っていたハンドバッグが、ガンガン当たってたけど、知るものか！

「百合、落ち着いて。俺が悪かったから」

「きらいぃ……」

溢れ出た嗚咽と限界を超えた怒りはそう簡単に治まってくれない。べそべそと泣きながら暴れ続ける私を隆二はただ抱きしめ続けた。

涙が止まり、ひくついた喉が落ち着いてきた頃になってようやく、隆二の腕の拘束が緩んだ。もう私は抵抗する元気も無くて、力の抜けた身体を隆二に預けていた。

大きな手のひらの感触が、宥めるように私の頭を撫でる。

こんなに泣いたのはいつぶりだろう。母に部屋のありとあらゆるものを勝手に捨てられた時以来かもしれない。あの時も悲しくて辛くて、やりきれなくて泣くしかなかった。

理解してもらえないってことは同じなのに、それよりももっと、今の方が辛い。

隆二は私をベッドに腰掛けさせると、自分は床に跪いて向かい合った。そして私の両手をぎゅっと包みこむように握ると、謝罪の言葉を口にした。

「ごめん、百合」

「……なに、が？」

ただ謝って済まそうと思ってるんなら、それこそ大間違いなんだから。

ところが次に隆二の口から出てきたのは、私の予想とは全く違うものだった。

「正直に言うよ。百合のこと、疑ってた」

「はぁ?!」

私何も疑われるようなこと、してませんけど!?　って、何を疑ってたの？

「俺の仕事が忙しくなる前、百合によく電話かかってきてただろ？」

電話？　そりゃかかってきたことはあったと思うけど、それがどうしたっていうんだろう。やましいことは何一つない。

私が首を傾げていると、隆二は苦笑しながら続けた。

「何度か電話に出なかったし、電話相手も教えてくれなかった。それに、その頃から電話持ったままぼんやりしていることが増えた」

隆二の仕事が忙しくなる少し前に増えた電話、それは！

「も、もしかして、母さんからの電話!?」

私の言葉に、隆二は「はあ？」と顎を落とした。何度か瞬きした後、顔をくしゃくしゃに歪めると、大きくため息を吐きながら言う。

「なんだよ……よりにもよってお母さんかよ……。俺はもうてっきり」

「何だと思ったのよ」

「……新しい男かと」

「はあ？　何でそうなるのよ」

今度は私が呆気にとられる番だった。

「家族からの電話だったら、俺が誰からだって訊いた時に、教えてくれてもよくないか？」

「言いたく無かったんだもん」

「まあそれはいいとして。お母さんからの電話を、なんであんなに避けてたんだ？」

「……言いたくない」

「百合、教えてくれ」

「やだ」

智美や黒滝には言えても、隆二にはどうしてか言いたくなかった。いい年して親といがみ合ってるなんて、すっごく恥ずかしいことだもん。そんな姿を見せたくないの。好きな人にはいいところだけ知っておいて欲しい。

「百合」

粘り強く名前を呼ばれても苛立ちが募るだけだ。だってさっき、私は隆二に対して全く同じことをして無視されたんだから！

「なあ、百合。もう下らない誤解したくないんだよ。百合がそんな態度なら、また同じことが起きるよ」

「……そんな」

「だから、ね。話して」

もうさっきみたいな悲しくて辛い思いはしたくない。隆二の脅しのような言葉に、しぶしぶ理由を言った。

「……かったの」

「何？」

「だから、恥ずかしかったの！　親と仲が悪いなんて、合わないから連絡無視してるなんて、情けなくて言いたくなかったの！」

ようやく止まってくれたはずの涙がまた滲んできた。零れないように、ぎゅっと目をつぶる。

とうとう言ってしまった。きっと呆れられた。嫌われてしまうかも、しれない。

そう、情けないことを言いたくなかったのは、嫌われたくないから。

智美に言えたのは、嫌な部分でも「友達」という立ち位置なら許容してもらえるから。

黒滝に愚痴れたのは、私にとって黒滝は「友達の恋人」であって好かれようが嫌われようが全くどうでもいい存在だからだ。

「百合」

閉じた瞼の上から、そっと涙を拭われる。その優しい感触に促されるように目を開けると、隆二の垂れた目が真っ直ぐに私を見ていた。

「俺に情けないところ、見せたくなかった？」

その通りだから、小さく頷くと、ふにゃりと隆二が相好を崩した。

「よかった。俺、百合に嫌われてない」

「嫌うわけないじゃないの。馬鹿じゃない⁉」

さっき嫌いって言っちゃったのは、勢いってやつで……本心じゃないもん！

「じゃあ、好き？」

いつかと同じ質問に、今は自信を持って答えられる。

「好きに決まってるじゃない！」

すると隆二は蕩けるような極上の笑顔を浮かべた。

「百合に、初めて好きだって言ってもらえた」

「えっ!?」

今まで言ってなかったっけ？　慌てて思い返してみたら……無いかも。

「正直ちょっと前までは言葉なんてもらえなくてもいいかなって思ってた。百合は態度では十分示してくれてたしね」

涙を拭ってくれた大きな手が頰を撫で、揺れる髪を耳にかけてくれる。

「でも言わなきゃわかんないことってあるだろう？　お母さんとのことだってそう」

「うん……」

「百合の情けないところとか、恥ずかしいところも知りたいんだ。第一、俺はとっくに百合に情けないところ、いっぱい見せちゃってるよ」

「……そうね」

「いくら態度とか行動で示してもらっても、たまに言葉でちゃんと確認しないと不安になるものなんだよ。百合はとびっきりの美人だし、他の男に取られたらどうしようって、いつも思ってる」

「何言ってんの⁉　別に私、美人でもなんでもないわよ。それに、隆二以外となんて考えたこと無いし」

私の言葉に隆二は一瞬驚いたように目を見開いた後「なるほど、言ってみるもんだ」と顔を綻ばせた。

「これからは、ちゃんと話し合おう。隠し事はナシで」

「うん、わかった」

隠し事はナシ。その言葉に、すっかり忘れていた疑問が再浮上してくる。

「そういえば、なんで私が今日お見合いしてること、知ってたの⁉　仕事は大丈夫なの⁉」

「……まさか、気付いてなかったの？」

「気付いてないって、何が？」

すると隆二は突然噴き出した。

「ちょっと、何で笑うの⁉」

「い、いやゴメン。さっきのお見合い相手に見覚えなかった？」

「初対面だもの。あるわけないじゃない」

「違うよ。百合は一度会ったことがある」

「えっ⁉」

そういえばあの人「一度お目にかかったことがある」とかなんとか言ってたな。「この後来るナイトに聞けばいい」とかも。あれ？　なんであの人隆二が来ることを知ってたんだ？

ハテナマークを顔いっぱいに貼りつけた私に、隆二はこみ上げる笑いを堪えながら言った。

「森山さんたちとの合コン、覚えてない？」

「あぁっ！」

ここまで言われてようやく思い出した。見合い相手の都筑さんって、あの時合コンに来ていた隆二の友達だ！

確かに、一度会っている。自己紹介もちゃんとしたのに……すっかり忘れてた。正直あの夜の記憶は、隆二の家で過ごしたことばかりで占められてしまっている。

「百合の名前と勤め先を聞いて、ピンときたらしくてね。教えてくれたんだ」

な、なるほど、そういうことか。すごい偶然！

「……でも私だってわかってたなら、話が来た時点で断ってくれればよかったのに」

隆二にわざわざ教えてくれるんなら、最初から回避してくれ、と思うのは図々しいかな。

「都筑も義理で会うだけでもって押し切られたらしいよ。それに詳細聞いたのは、ある程度話が進んだ後だったらしいし」

うーん、なら仕方ないか。私なんて詳細と言っても職業と年齢と名前しか聞いてなかったし、それを聞いたのもお見合いの直前だ。

「でもあの……都筑さんって、一度会っただけの私のことよく覚えてたね」

私はすっかり忘れちゃってたのに。やっぱり弁護士さんって記憶力いいのかしら。感心して言ったのに、隆二はひとしきり声を上げて笑った後、種明かしをしてくれた。

「あいつね、今森山さんといい感じなの」

「薫と!?」

なら私の会社名聞いたら、ピンとくるよね。彼女の勤め先なんだもの。それにしてもさすが薫、あの合コンできっちり結果を残すなんて、凄すぎる……。

「あと、仕事は？　もう目途ついたの？」

「今日のために、超特急で片づけて来ました」

「だからそんなナリなんだ」

毛の長い犬が転げまわって遊んだあとみたいに崩れた髪の毛に、くたびれたシャツとスーツ。よく見ればほんのり髭も伸びている。以前会社に来た時や合コンの時に見た隙の無い状態からかけ離れている。

「そう。不眠不休で頑張った。忙しい時期を選べない因果な仕事とはいえ、今回はキツかったな」

「よしよし」

くしゃくしゃの髪の毛を撫でてやると、ふふっと目を細める。その姿は私のよく知ってる、いつもの隆二だ。

「……ねえ、百合。俺すっごく疲れてんの」

「うん、お疲れさま」

「だから脳みそと心に栄養ちょうだい」

その言葉に初対面のデザートブッフェを思い出す。そうだ、あの時も、こんな風にくたびれていたね。

「いいよ。ケーキ買ってこようか？」

さっきお見合いしていたラウンジ以外にも、このホテルには確かコーヒーショップかティールームがあったはずだ。テイクアウトはしてるかしら。それともルームサービスでも頼めばいいかな？

「ううん。ケーキじゃなくて」

私の頬を大きな手が包みこむと、跪いたままの隆二の顔が下から近づいてきた。

「1ヶ月もお預けだった、俺の大好物、食べさせて……」

そのまま私の返事は、丸ごと隆二に食べられてしまった。

下唇をやんわりと甘噛みされ、深まっていくであろう触れ合いを求めて、緩く口を開いた。ところがさっきは乱暴に入り込んできた舌は、まるで焦らすみたいに唇の上をゆっくりとなぞっていくだけで。

「ん……」

焦らさないで。そんな気持ちで隆二の後頭部に両手を回して引き寄せると、ざらりとした鋭い感触が肌を刺した。

「いたっ！」

反射的にキスから逃げてしまう。

見た目にはそんなに伸びた感じがしていないけれど、頬を擦り合わせると伸びた髭が痛い。さっき強引にキスされた時は、気にならなかったのに。

そういえば今まで髭が伸びた状態でキスってあんまりしたことなかったかも。大体隆二の家でお風呂に入ってから、だったもんね。

そうだ、お風呂！

「隆二……もしかして昨日お風呂入ってないの？」

さっき触った髪の毛のべたつきも、整髪料のせいだと思ってたけど、違うんじゃない⁉

「あー、入ってないね」

隆二は事も無げにへらりと笑って言い放つと、キスの続きをしようとしてきたけど……

冗談じゃない！

「ちょっと！　お風呂入ってよ！　じゃなきゃ嫌！」

「えー!?　別にいいだろ。今すぐ百合を食べたいのに」

「ひーげー！　髭が痛い！　そんな人とキスしたくないっ！」

「俺は気にしない」

「私が気にする！」

しばらく風呂に入れ、入らなくてもいいというなんとも情けない攻防が続く。けれど、私がこのままじゃ断固拒否の姿勢を崩さないことを悟ると、隆二はしぶしぶ立ち上がった。

「……わかった。入るよ」

ただし、と意地の悪い微笑みを浮かべる。

「百合も入ってもらうからね。一緒に」

「はあっ!?　絶対嫌！」

今までも何度か言われたことはあったけれど、こちらも断固拒否してきたことだった。

「そんなこと言わないで、俺にご褒美を頂戴よ」

「やっ……！」

髪を撫でられながら耳元で囁かれて、ぞくりと悪寒に似た感覚が身体を駆け抜ける。

そのまま耳たぶをしゃぶるように舐められて、その艶めいた音に煽られて湧きあがるものを、私は身を硬くしてやり過ごすしか出来ない。

隆二は私の耳が弱いって、知っててやってるんだから、負けない！

「ねえ、百合。お願いだよ。綺麗綺麗になった百合を食べさせて」

「やだぁ……」

「この強情張りめ」

喉の奥で笑う隆二の声すら、刺激に変わる。

やだ、やだ、隆二の思い通りになんてなってやるもんか。だけど繰り返される肌への口づけに、次第に理性が緩んでいくのが自分でもわかった。

耳をくすぐっていた指と唇がゆっくりと首筋へと移動していく。髭が触れないようにか、ちゅっちゅっと啄ばむ音を立てながら、鎖骨を右から左へなぞられてしまうと、すぐに我慢の限界がやってくる。

「あぁ……」

こっちだって、ずっとお預けだったんだから、当然かもしれない。こんなのじゃもう満足出来ないんだ。

もっともっと激しくして。

だって、もっともっと心まで蕩けてしまう行為を、私は思い知っている。

「ね、百合……」

髪を寄せられて、ワンピースの背中のファスナーを下ろされた時には、もうどうにも我慢できなくて。

「一緒に入るよね？」

隆二の再度の問いかけに、ただ頷くしかできなかった。

「立って」

促されて腰かけていたベッドから立ち上がると、ワンピースがはらりと解けるように足元に落ちる。後に残るのは、下着とパンストだけ。

「恥ずかしい……」

思わず顔を伏せて腕を組むようにして胸を隠した。顔から火が出そうなくらい、頬が熱い。

「どうして？　もう散々見せ合ってきただろう？」

「だって……今まではこんなに明るい場所で服を脱いだこと無いし。こ、この格好って、男の人に変換したらパンツ一丁に靴下状態だもん。間抜けすぎるじゃない！」

私はただ、恥ずかしさの理由を説明しただけなのに、隆二は何故か笑い声をあげた。

「それこそお互い様。今まで俺散々パンツ一丁姿見せてるし」

そう言われたら口をつぐむしかない。一緒にお風呂に入るなら、さっと脱いでちゃっちゃと入ってしまえばいいのに。どうやら隆二はじっくり脱がしていくつもりらしい。

とんでもなく恥ずかしいし、逃げ出したい！

だけど……どうしてか、少しだけ、ほんの少しだけだけど、こうして隆二に服を脱がされることが、嫌じゃない自分もいたりするんだ。

逃げ道が少しずつ閉ざされていく。微かな陶酔を含んだほの暗い諦めにも似たこの気持ちに、名前はあるんだろうか。

「可愛いよ、百合。最高に可愛い」

隆二は思わず叫び出したくなるほどの羞恥を抱える私に、垂れた目尻をもっと下げながら、雨あられのように「可愛い」を繰り返す。

ずるい。

そんな風に「可愛い」ってたくさん言われたら、私はもう隆二の言うことを何でも受け入れるしかなくなってしまうじゃないか。

嫌なのに、嫌じゃない。矛盾する気持ちが私の心をかき乱す。

「怖がらないで。酷いことなんてしないから」

何故か隆二はとっても楽しそうだった。今の状態って私にとっては十分酷いのに。それが無性に、悔しい。

再び私の前に跪いた隆二の指が、ゆっくりとパンストを脱がせていく。

「……足、上げて」

言われるままに片足を床から持ち上げると、靴を脱がせられる。腰のあたりを支えられて、パンストが足から引き抜かれた。もう片方も同じように脱がせられると、隆二の手に残ったそれは放り投げられ、微かな音を立てて床に落ちる。

そして隆二は立ちあがると、私を優しく抱き寄せた。背中に回された手が、ブラのホックにかかる。

「あっ……」

ぷつん、と小さな音を立ててホックが外れると、支えを失った胸がたわむように揺れた。

これで残りはあと、1枚だけ。

「ねえ、隆二……キスして」

恥ずかしさと、情けなさと……期待している自分。それらを誤魔化すためにキスをねだった。

正気のまま、いうなれば素面《しらふ》の状態で、さらにこんな明るい場所で裸になったことなんて今までにないんだもの。

早く快感に溺れて、何もわからなくなりたい。滅茶苦茶になってしまいたい！

「駄目」

「なんでぇ？」

「お風呂に入らないとキスしないって言ったのは、百合じゃなかったっけ？」

ブラジャーの紐をのんびり肩から滑らせながら、隆二が楽しそうに言った。この状態を楽しんでいることがありありと伝わってきて、羞恥で顔どころか全身から火を吹きそうだ。

「じゃあ早くお風呂に連れて行ってよぉ……」

「まだ全部脱いでないから、駄目」

「そんな……！」

でも自分から脱ぐなんて、今更出来なくて、結局私は隆二の行動を震えながら待つしか出来なかった。隆二って、こんなに意地悪だったっけ？

「今、俺のこと意地悪って思ったでしょ？」

なんでわかるの⁉　私、もしかして口に出してた？

「そんで今度は『なんでわかるの？』って思った、違う？」

にやり、と含みのある笑みに腹が立って、思わず否定した。

「お、思ってないもん！」

「……嘘つき」

「そ、そんなことより、早く……！」

叫ぶように言うと、ようやくブラを床に落とした隆二の指が、ショーツに触れた。

「ん……！」

わざとらしく緩慢な動きで隆二が膝を折ると、吐息が胸の頂きにかかる。その僅かな刺激にさえ、浅ましい身体は敏感に反応してしまう。

「百合、足、開いて」

言われるがままに震える足を緩く、開いた。ゆっくりゆっくり、ショーツが下ろされていく。

「あっ……！」

私の奥からショーツが離れた瞬間、溢れた何かが粘ついて糸を引いた。――それは私の、欲望の証。

「ああ、もういっぱい濡れてるね」

「言わないでぇ……」

自分の姿を直視できなくて、思わず両手で顔を覆った。だって、まだ何にも、それこそキスすらちゃんとしてもらってないのに。ただこの先を想像しただけ。身体は正直、なんて言うけれど、これはそういうレベルじゃない！

「可愛い」

「やあぁぁぁん！」

私の濡れそぼった場所に、熱くて柔らかい感触が触れた。見なくてもそれが何か、私にはもうわかってしまう。

ぴちゃぴちゃと仔犬がミルクを舐めるみたいな音を立てながら、隆二の舌は私を好き勝手に弄り続ける。

「や……だめぇ……あぁっ！」

突如として与えられた快感によって仰け反りながら、隆二の頭を押しやろうとする。ところがいつの間にかお尻を抱えるようにがっちりと押さえられていて、下半身はほとんど動かせない。

「んあぁっ！」

襞をなぞっていた舌が最も敏感な核を弾いて、あまりの刺激に目の前に火花が散った。だめ、そこを舐められたら、もう……！

「ひぅうんっ……ああっ！」

次々に襲い来る刺激に流されて、腰がうごめきはじめると、咎めるように隆二が呟いた。

「……逃げないで」

「逃げ、て、ないぃ、あぁあっ！」

唇と舌の刺激だけでも達してしまいそうなのに、とどめとばかりに硬くて長い指が差し込まれた。たっぷりと溢れ出した蜜のせいで、それはいとも簡単に私の中へと飲み込まれてしまう。

「あぁあっ、ひぃっ！」

指の腹で内側をまさぐられて、腰が抜けてしまいそうになった。

突き抜けるような核への刺激と、内側からじりじり滲むような刺激に責められて、体温がどんどん上がる。それは私の身体を焦がして、いとも容易く限界へと導いた。

「だ、めぇ……。りゅう、じぃ……もうっ……！」

私の最奥を味わい続ける隆二の頭を必死に押しやろうとしても、途切れることなく与えられる刺激に震える手では、叶わない。

それどころか私の中をかき回す指の激しさは、ぐちゃぐちゃと音と飛沫をまき散らしながら、増すばかりで。

「あんっ……！　んあぁぁぁっ！」

フラッシュが焚かれたように、目の前で光がちかちかと弾けた。

きちゃう、いや、いっちゃう！　連れて行かれる！

もう、これ以上は！

「あぁっ……もう、もう、だめぇっ！」

溜まりに溜まった熱に追い立てられるように、私は光に身を委ねた。

疾走感にも似た虚ろさと引き換えに、身体から力が抜けていく。

快感の果ての光を見れば、責め苦のような熱からは解放されるはずなのに、その瞬間何かを堪えるように身体が強張ってしまうのはどうしてなんだろう、といつも思う。だけどぼやけた頭で答えなんか出るわけもない。

「ん……」

くたりと弛緩した身体をゆっくりと抱き上げられた。硬いスーツの生地が、頬に触れる。頭を預けた厚い胸からは、ふわりと隆二の匂いがした。

普段この匂いを嗅ぐのは、隆二の家にいる時だ。部屋着やシーツから匂う、隆二そのものの、匂い。

「……ずるい」

「何が?」

「あんな風に、して……」

「百合が意地悪言うからだよ」

「言ってない」

「キスしたくないって言ったでしょ。お風呂入んないと駄目だって」

そう言うと隆二はわざとらしく髭の伸びた顎を頬に擦りつけてきた。

「だから唇じゃなくて、別のところにキスしただけじゃん」

「……それだってキスじゃない」

「はいはい」

言い合いになっても、結局口で隆二に勝てるわけなくて、私はむっつりと黙りこむしかなくなってしまう。

ほんっと、ずるい。だって結局、私だけが脱がされて、好き放題にされて、隆二はネクれるんだね」

「ふうん、俺の好きにしていいんだ？　じゃ、これから百合は俺の言うこと全部聞いてく
「そんなこといちいち私に確認しなくてもいいでしょうが。好きにすればっ!?」

「お風呂、シャワーだけでいいかな」

タイすら緩めてないんだもの。


にやにや笑いを浮かべた隆二に、しまったと思っても、もう遅い。

「やぁっ……」
「洗ってるだけだよ。ほら、動かないで、じっとしてて」
「自分で、する」
「だーめ。さっき好きにしていいって言ったでしょ」
湯気で煙るバスルームで、隆二の手が私の肌の上をぬらぬらと動きまわる。スポンジや
タオルを使っていないせいかちっとも泡が立たず、洗うというよりはボディソープを塗り
つけているみたいな手つき。
「んんっ……」
じっとしててと言われても、一度火をつけられた身体は新たな刺激でまた熱を生み出し
てしまうから、無意識のうちにふらふらと揺れるように動いてしまう。後ろから抱きかか

えるようにされていなければ、きっと自分の足じゃ立っていられない。

だって、刺激になるのは肌を滑る隆二の手だけじゃない。目の前にある大きな洗面台の鏡に映し出された絡み合う私と隆二の姿さえも、私の羞恥を煽る。

こんなの、見たくない。目を塞いでしまいたい。

……だけど視線を逸らせないのはどうして？

鏡に映る私の目はとろんと緩み、隆二に力無く身体を預けている。まるで熱に浮かされているように全身が赤みを帯び、白いボディソープが纏わりつかせて。荒い呼吸を整えようと動く胸が大きく上下しているのが、わかった。

「可愛い」

私の視線が鏡に向かっていることに気付いたのか、隆二が楽しそうに耳元で囁く。

「ひぅん！　あっ……んぁ」

動き回っていた隆二の手が、私の胸で止まる。手のひらを使って下から上へと撫で上げるようにやわやわと揉まれた。ただ触れ合って感覚として与えられるだけでも十分なのに、鏡に映っていることで、隆二の手がどんな風に動くのか、その全てがわかってしまう。

「はあっ……ん」

まるで蛇のように身体をくねらせている自分の姿は、まるで自分じゃないみたいで見たくないのに、視線を縛り付けられてしまったみたいに、目が離せない。

「百合のおっぱい、好き」

「どこ、が？」

自分の胸を、私はあんまり好きじゃない。大は小を兼ねるっていうけれど、ただ大きいだけな気がして。もっとふわふわの柔らかな胸の方が、いいんじゃないかって、思っちゃう。

「すごく弾力があって、つんって上向いてるのがいい。……それに」

「ひあぁぁっ！」

胸の頂きをきゅっと潰すように刺激されて、悲鳴のような声が漏れた。そのまま人差し指と親指でくりくりと転がすように摘まれる。

「感度も抜群、だしね」

「あっ、やあっ……んんぁっ！」

強い刺激から逃れたいのか、身体が勝手に動く。その時、腰のあたりに硬いものを感じた。

――それは、隆二の欲望の、証。

私だけじゃない、隆二も、興奮してくれてる。いつもそれを確認するたびに、不思議な安堵と喜びが湧いてくる。

隆二にも、気持ち良くなって欲しい。

そんな気持ちから隆二の昂《たか》ぶりに手を伸ばすと、一瞬驚いたように腰を引かれた。

駄目、なのかな。そりゃ今まで一度も私から触ったことなんてないんだけど。

「……いや？」

鏡越しにお伺いを立ててみると、隆二は嬉しそうに笑いながら「そんなわけないでしょ」とお許しをくれた。

触れてみると、それはちょっと驚くほどの大きさというか、太さだった。これまで全く見たことが無いとは言わないけれど、手で触れたことで余計に質感というか、重量を感じる。

凄く、硬くて、熱い。血管が浮き出て、どくどくと波打つ血潮の音が手のひらを通じて届くほどに。こんなのが私の中に入ってたことに、今更ながら、おののいてしまう。

「百合、そのまま手、動かしてみて」

求められるがままに、添えるように触れた手を、ゆっくりと動かしてみる。たっぷりと身体に塗りこめられたボディソープのおかげか、手は滑らかに動いた。

私の手の中で、生き物のように熱い塊が脈動し、うごめく。

「ん……」

隆二の鼻にかかったような甘い声が私の耳に届いた。

これが気持ちいいんだ。

感じてくれたことが嬉しくて動かす手の速度を上げた、その時。

「やあぁぁぁん！」

摘まんだ頂きを引っ張るようにねじられて、また甲高い声を上げてしまう。

「気持ちいい？」

「いぃ……あぁん、うんっ！」

耳たぶを甘噛みされながら問われて、首をがくがくと振りながら答えた。

ぎゅってされるの、好きなの。

強くされるのは、もっと、好き。

好きな人と触れ合うことが、抱き合うことが、こんなにも切なくて、淫らで、そしてとんでもなく気持ちいいってこと。

全部隆二が教えてくれた。……だから、私も隆二を気持ち良くしてあげたい。

ただその一心で、与えられる快感に溺れそうになりながらも必死で手を動かした。いつも隆二に翻弄されるばかりじゃ、駄目だ。私だけじゃなくて、一緒にが、いい。

ふいに、片方の頂きが解放された。

なんで？　わからないまま視線を上げると、私の胸を離れた手は、下半身へと向かっていて。

「やっ！」

慌てて足を閉じようとしたけれど、遅かった。隆二の手はまるで当たり前みたいな様子で、するりと私の足の間に入り込んだ。

「すごいね、もうぐちょぐちょだよ。ほら」

とろとろの溢れ出したものをわざとかきだすように、隆二の指が動く。バスルームに、シャワーの滴が弾ける音とは違う、粘っこい水音が響きわたる。

「やぁ……、言わないでぇ……」

こんなにも濡れてしまっているのは、私だけのせいじゃないのに。さっきまで散々弄くり回したのは、どこの誰よ⁉

「じゃあ、止めちゃおうか？」

「いっ！　あぁぁっ！」

隆二の指先が、敏感な核をかすめるように撫でただけで、電流が走ったように身体が跳ねた。さっき散々弄くられたせいで、より敏感になってしまっているんだ！

「どうする？」

さらに胸の頂きをまた強く摘まれる。一緒にされたら、駄目ぇ！

「ひうっ！　ぁんっ！　あああぁぁ……」

意地の悪い笑みを浮かべながら、隆二が私に決断を迫ってきた。その間にも核の回りをぐりぐりと掘り起こすように探られて、目の前に光が散る。

「やぁっ、んぁぁ……」

そんな状態で何か思考出来るはずなんてない。でもなんとか微かに首を横に振った。

止めてほしいわけ、ない。

なのに突然、隆二の手が離れていく。

「なん、でぇ……。きゃっ！」

思わず後ろを振り仰ぐと、頭からシャワーを浴びせられた。

なんで!?　あまりのことに私が目を白黒させていると、隆二がにやりと笑って言った。

「続きは、流してからね」

……今日の隆二は、とことん意地悪だ。

ゆっくりと撫でるようにお湯が私を洗い流していく。重力に従って背筋を伝い落ちる感触に、何故かぞくりと悪寒に似たものが走り抜けた。

「ひゃんっ！」

「どうした？」

「なん、でも、ない……んんっ！」

普段なら心地よく感じるはずなのに、限界近くまで昂ぶらされた身体は、シャワーの水圧すら刺激に変換してしまう。

「気持ちいい？」

「よくなっ……いっ！」

言葉とは裏腹に、シャワーが胸に当てられると、びくりと身体が揺れる。それでも素直に認めることは負けのような気がして、ぷいっとそっぽを向いて誤魔化した。

「百合は本当に、強情張りだよね」

くつくつと隆二が喉の奥で笑う。

「そんなこと、ないもん！」

「はいはい」

子供をあしらうみたいに言われると、余計腹立ってしまう。疼く身体を慰めるように、ぎゅっと両腕を抱えこむ。そんな風に言うなら、我慢してやる！　もう触らせるもんか！

口を真一文字に結んでむっつりと黙りこんだ私に向かって、シャワーを止めた隆二が、何か秘密の提案をするように、囁いた。吐息に耳をふわりと撫でられて、身体が反応しそうになるのを必死で、堪える。

「この後は……ベッドがいい？　それとも、ここがいい？」

どうやら最後だけは、私に選ばせてくれるつもりだったようだ。

「り、隆二はどっちがいいのよ？」

いつも私が振り回しているようで、結局隆二のいいようになってしまっている。それが癪で、逆に問うた。

「百合の好きな方」

ところが返って来たのはふにゃりと目尻を下げた、あの犬を思い出させるような、笑顔で。

なんでだろう。とげとげしい気持ちがぽきんと折られてしまった。

……全く、調子いいんだからっ。仕方ない、丸めこまれてあげよう。

「じゃあ、ベッドね」

隆二の首に腕を回すと、「了解」という小さな呟きと共に、伏せた睫毛が近づいてくる。

同じように私も瞼を閉じながら、ふと思い出す。

……そういえば髭剃ってもらうの、忘れてた。

合わせた唇の角度を変えると、案の定ざらりと硬い感触が肌を刺した。だけど不思議なことにさっきよりも気にならないのは、もうこれ以上待てなかったからかもしれない。

「んっ……ぁっ……」

身体を拭くのもそこそこに、キスしながらベッドへとなだれ込んだ。あまりの勢いに、掛布が弾んでベッドからずり落ちそうになる。

求められるままに舌を絡ませ、送りこまれてくるものを夢中になって飲み込んだ。隆二のそれは、不思議なほど甘い味がする。甘いものばかり食べているから唾液の味すらそうなってしまったのかと思っていたけれど、もちろん違う。

私には、甘く感じるだけ。

隆二は私のことをご馳走だって言ったけど、私にとっても隆二はご馳走だ。毎日食べたって、きっと飽きない。

「百合……」

承諾を求める呼びかけに、わかっていると頷いた。これ以上焦らされたら、私はもうおかしくなってしまう。

指や舌で愛撫されるのは、とっても気持ちいいし、好き。

だけどそれだけではどうしても足りない気持ちがある。

この不可思議な心の空虚を埋めてくれるのは、ただひとつだけ。

「りゅう、じの、ちょうだい?」

これだけは、素直に言えた。

私の奥の入り口を、隆二の硬く熱いものがそっと撫でたあと、ゆっくりと沈み込むように入り込んでくる。

「あ、あ、あぁぁ……」

初めての時のような、痛みや衝撃はもう無い。

だけど未だに、始まりのこの感覚にだけは、慣れることが出来ない。

隆二のそれが溢れ出した私の蜜をたっぷりと纏い、狭い場所をぐいぐいと進んでいくにつれて、呼吸がままならなくなる。私の中に詰め込まれる、圧倒的な熱と質量によって引き起こされる違和感に、どう堪えても声が出てしまうんだ。

「んっ、はあっ、あぁっ」

怯えるように強張る身体を、浅い呼吸でなだめていると、隆二が低く苦しげに呻いた。

「くっ……！」

足の付け根に隆二の腰骨が当たって、最後まで目一杯に埋め込まれたことを悟ると、大きく息を吐きだした。

「はあぁぁぁ……」

するとどうしてか、隆二はいつも一旦、動きを止めて、ぎゅっと私を抱き寄せてくれる。

繋がっている場所だけじゃなくて、重なり合った肌と肌がぴったりと吸いつくように合わさったような、この瞬間が、堪らなく好き。

——満たされた、そんな感じがする。

「百合……」

隆二が私の名を呼ぶのが、堪らなく切なくて、いつも胸が締め付けられる。

もっと、もっと、私の近くに来て！

「ひっ……あっ」

入り込んだ奥の奥を撫でるみたいに隆二の腰がぐるりと円を描いて動くと、私の腰も釣られて揺れ動いてしまう。だってそれは……再び動き始めるという、合図だから。

「ああっ、んぁっ……ああんっ！」

途中まで引き抜かれた熱い塊が、一気に奥まで押し込まれる。深いところを突かれるたびに、声が零れ出て止まらない。

「やあぁっ、あぁっ……！」

身体の内側からとめどなく湧きあがる熱に浮かされて、揉みくちゃにされてしまう。

「あぁ……んっ！　あぁぁぁっ！」

抜き差しされるたびに、肌と肌とがぶつかり合う音と、ぐちゃぐちゃと淫猥な音が響いて、私を容赦なく追い立てる。

暴かれ、内側から隆二の与えてくれるこの快感に支配されていくことに、身体が戦慄いて、反射的に、打ち付けられる衝撃から逃れようと、腰が泳いだ。

「あぁぁぁっ！」

逃がさない、とばかりに腰を摑まれ、叩きつけるようにより深くへと穿《うが》たれる。そのあまりの力に喉が反り、絞り出すような鋭い声が出た。

苦しくて、辛くて、あんなにも求めていたのに、あまりの快感の強さに、逃げてしまいたくなる。だけど、もっともっとと、浅ましく求める気持ちもまた、同じくらいある。

だって、だって……気持ちいいんだもの！

「ひゃんっ、あぁんっ……んぁぁっ！」

火照った肌に、ぽたりぽたりと何かが滴り落ちる。それは碌に拭かなかった髪や身体からなのか、それともお互いの熱によって発生した汗なのか、それすら判別できない。

濡れた髪が頬に、首に、張り付いて鬱陶しい。だけど、そんなものを気にしているよりも、もっともっと隆二を感じていたい！

「百合……百合！」

私を呼ぶ声も快感に掠れ、切迫している。

「あんっ、ああっ……あぁぁぁっ!!」

快感を帯びた震えが背筋を駆け上がり、目の前に光が瞬く。じぃん、と頭の芯が痺れて、その光の向こうを追い求めることしか、考えられない。

限界が、近い。

それを察知したように、隆二の動きが加速する。

「んぁっ、やぁぁぁっ！　あぁっ……！」

眩暈がするほどの強烈な快感に流されて、飲み込まれて、私は自分を投げ出した。

「んぁ……」

限界を超えて手放した意識を取り戻してからも、激しすぎた快感の余韻がまだ私を支配していた。痙攣するように、びくり、と身体が震える。

「百合、大丈夫か？」

額に張り付いた髪を隆二はそっと除けると、労わるようなキスをくれた。

「ん……」

付き合い始めてから、数ヶ月経つ。だから身体を繋げることに、もう慣れたはずなのに、今日は身体が言うことを聞いてくれない。

この分じゃ、普段の感覚が戻ってくるまでちょっと時間がかかってしまいそう。……それだけ没頭してしまったってことなんだろうけど。

「ごめんな、今日は手加減できなかった」

抱き寄せられて、眦を指の腹で撫でられる。そこでようやく、私は自分が泣いていたことに気付いた。

「隆二、のせいじゃ、ないよ」

今日の隆二が意地悪だったのは、私のせいだってことくらい、本当はわかっている。

私の言い分は、ただの八つ当たりにすぎない。

お見合いだって、母からの連絡を無視したりせずにちゃんと話し合っていれば、行かなくて済んだだろうし、隆二に余計な疑念を抱かせることも無かっただろう。

隆二だけじゃない。お見合い相手や紹介してくれた父の会社の人にも迷惑をかけてしまった。

それもこれも、私がただ隆二に情けないところを見せたくない、ただそれだけの理由でだ。

「ごめんね、隆二」

謝罪の言葉を口にすると、隆二は何故か苦笑してまたキスをくれた。

「素直だね。さっきまでの強情張りが嘘みたいだ」

今みたいに抱き合ってお互いをさらけ出し合った後は、どうしてか素直になれる。ぐちゃぐちゃと色んなことを考える余裕がないからかもしれない。

だけど、普段はそんなに簡単に方向転換出来ないんだもの。強情張りだって、私小林百合という人間を構成する一部分だ。

でも、急に不安になってしまう。決して自慢出来るところじゃないし、隆二が受け入れてくれるからって甘えて、直そうともしていなかったから。

「……さっきまでの私は、嫌い？」

おずおずと問いかけると、隆二は「そんなことあるわけない」と蕩けそうな笑顔になった。

「強情張りの百合も、素直な百合も、全部好きだよ」

それは、文句なしの100点満点の答えだった。

「私も、隆二のことが全部、好き……！　大好き！」

こうして全てをさらけ出すことが出来るのは、隆二だけ。

私の、本当に特別な、ひと。

第六章　ふたりの未来

「百合先輩が自作お弁当って珍しいですよね」

「んー、ちょっとね。気が向いたから」

　いつの間にか、智美とふたりじゃなくて薫も加えて3人で一緒に昼ご飯を食べることが増えていた。今日は私も智美も自作弁当だったから、いつもの社食じゃなくて、フロアごとにある休憩スペースで包みを広げる。

　おかずはほうれん草入りの玉子焼きにきんぴらごぼう、鯖《さば》の竜田揚《たつたあ》げ、あときゅうりの浅漬けだ。うーん、味は悪くないんだけど、全体的にちょっと彩りが足りない感じがする。慣れていないからか、まだ冷蔵庫の中身を組み合わせながら数種類のおかずを作るので精一杯。

　その点私よりも作り慣れている智美のお弁当は黄、茶、緑、赤それぞれの色のおかずが綺麗に配置されていて、華やかだ。

やっぱりプチトマトを入れた方がよかったかな。意外とお弁当に合う赤いおかずって、バリエーション少ないんだよね。人参かパプリカかトマトかって感じになっちゃう。

そんなことを考えながら箸を動かしていると、私のお弁当を覗きこんだ薫が、にんまりと笑って言った。

「ふうん、さては斎藤さんの分も作ってますね⁉」

「な、なんでわかるの⁉」

どっちかというと、私の弁当が隆二のを作るついで、だったりする。

「そりゃわかりますよぉ。だって端っこばっかり入ってるんですもん」

「端っこ？」

智美までもが私の弁当箱を覗きこむと「あ、ホントだ」と少し驚いた風に呟いた。

2個入ってる玉子焼きはどちらも両端で、鯖の竜田揚げは三角の尻尾部分。確かに見栄えのいい部分は隆二の弁当に入れているから、端っこばっかりだ。

「伊達にこれまで男に尽くしてきてないですから。すーぐわかりますよぉ」

薫がふふん、と得意げに鼻を鳴らして見せる。その観察力はホント凄いなと思うけども。

「いやそれ、自慢にならないから」

「ですよねぇ。何でも経験って言いますけど、もういいです」

一転自虐的になる薫に、智美と揃って思わず吹き出してしまった。

「何で急にお弁当なんて作りだしたの？　しかも彼氏の分まで」

智美が興味津々、といった顔で問いかけてくる。これまで私が作る余裕はあったのに外食していたのは、朝・昼・晩と3食自分のご飯を食べていると飽きるからだって知っているから、まあ当然の疑問だよね。

「だって、作ってほしいって言うんだもん」

自分の分だけなら作る気になんてなるわけない。

「ああ、男はすぐそういうこと言いますよね……」

前の彼氏に毎日お弁当を作ってあげていた薫が、ふと遠い目をしながら言った。いや、実感こもりすぎだから。

「でも、これ朝作ってるんだよね？　通勤途中で手渡ししてるなら、彼も早起き大変ね」

「いや、それは……」

そうじゃないんだけど。なんと言えばいいかわからなくてもごもごしていると、薫が智美を肘でつついた。

「吉村さん、鈍いっ！　そんなわけないでしょ！」

「えっ？」

ここまで言われても智美はピンとこないらしい。自分は半同棲みたいなこと、しているくせにね。

「……今、一緒に住んでるの」

私が言うなり薫は「きゃあ！　やっぱりぃ！」と大きな声を上げ、智美はというと、驚きに目を見開いている。

「部屋は新しく借りたんですか？」

「ううん、私が隆二の家に転がり込んだみたいな感じ」

「てことは斎藤さんの家、広いんですね」

「３ＤＫだからね」

「持ち家ですか、賃貸ですか？」

「百合、ご両親には、言ってあるの？」

根掘り葉掘りモードに入った薫に割り込むように、智美が顔を曇らせながら言った。

「うん、ちゃんと言ったよ」

あの台無しになったお見合いの後、母と連絡を取り、きちんと隆二の存在について説明した。

正直かなり怒鳴られたりすると思って、びくびくしながら電話をかけたのだけれど。

「付き合っている人がいるの。相手は……こないだお見合いに来た、人」

覚悟を決めて告げると、母は意外に落ち着いていた。全く……と呆れたように大きなため息をついた後、「……真面目なお付き合いなのね?」と尋ねてきた。

「もちろんよ!」

「なら、いいわ」

「へっ!?」

あまりにもあっさりと許しの言葉が出て、拍子抜けしてしまう。

「ちゃんと相手がいるなら、それでいいのよ」

「……反対、しないの?」

「するわけないじゃない」

「でも、お見合い、ぶち壊しちゃったし」

「今更、もういいわよ。……向こう様から多少、事情は伺ったし」

見合い相手は隆二の名前を呼んでいたから、母にもあの状況でも知り合いだってことはすぐわかっただろうことに、ようやく思い至る。共犯だと思われても仕方ないかもしれない。

「ちょっとアンタのこと、見直したわ」

「はぁ?」

「アンタは私に似て、人付き合いが上手くないでしょう。だから、結婚相手は私が見つけてあげないと駄目だって思ってたのよ。でも、自分でちゃんと見つけたみたいだから」

「えっ……!?」

「私はお父さんと結婚して幸せだから。アンタも結婚したら幸せになれるわ」

「うん……」

人付き合いが上手くないのは、母さんのせいでしょうが。

いつもだったらそう言い返していたと思う。

だけど自信満々の母の言葉に、今までだったら苛ついていただろうに、どうしてかちょっと目の奥が熱くなった。

お見合いさせようと躍起になっていたのは、結婚したら私が幸せになれると思っていたから。ただそれだけなんだって、わかったからだ。

ずっと、母は私を思い通りに動かそうとしているんだと思って、それが嫌で、向き合おうとしなかった。私は母さんの身代わり人形じゃないって。もしかしたら、それ以外にも思惑があるんじゃないかって、疑っていた。

でも、母は母なりに私のことを心配してくれていたんだ。かなり一方的で、私の意見はまるで無視、ではあったけれど。

「一度ちゃんと家に挨拶に来なさい。お父さんも待ってるわ」

「わかった。……ありがとう、母さん」

でも、母の真意を垣間見ることが出来たからといって、全てを受け入れられるわけじゃない。

好きなものを否定されたり、大切なものを勝手に捨てられたりした恨みというか、わだかまりは簡単には無くならない。

だけど、色々忘れられなかったり許せないことがあったりしても、ちゃんとお互いの気持ちを話せば理解しあうことも不可能じゃないって気付けたことは、すっごく大きいと思う。

すぐに普通の親子みたいに仲良くなれるわけじゃないけれど、一歩は踏み出せた気がする。

とりあえず、絶縁は止めて、たまーには連絡しようと思っている。

心配そうに訊いてきた智美の目をしっかり見て、頷きを返した。すると「ならよかった」とようやく笑顔になってくれた。

「親にも言ってあるって……。じゃあ斎藤さん、百合先輩の家に挨拶に行ったんですか?」

「ううん、それはまだ」

父と隆二の仕事の都合がなかなか合わなくて、先延ばしになってしまっているけれど、一緒に暮らすことはもう伝えてある。父も「百合の好きにしなさい」と言ってくれたから、何も問題ない。

多少あるとすれば、隆二の方だろうか。

何しろ隆二の住んでいるマンションはお兄さんの持ち物。だからお兄さんの本がかなりの量置かれていた。それなのに私が住むにあたって、邪魔だからと勝手にレンタル倉庫に預けてしまったのだ。

そのことはちゃんと説明しておいた方がいいと思うんだけど、お兄さんは今アメリカにいるのに加えて、多忙なためなかなかつかまらないらしい。次帰国した時に話すと隆二には言われているけれど、なんだか落ち着かないんだよね。

まだ忙しい日々の続く隆二とこれ以上のすれ違いが嫌で、どうしても一緒に住みたくて、順番をちょっと変えてしまったから、出来ればあとはちゃんとしたいのに。

「百合先輩も、結婚かぁ……」

「ちょっと、気が早いわよ。ただ一緒に住むだけ。アンタも前の彼氏と一緒に住んでたでしょ？」

「そうでしたねー。まあそんな過去のことは忘れてくださいよぉ」

あれ？

薫の「百合先輩も」という言葉に、微かな違和感を覚える。私と薫の共通の知り合いで、結婚する人なんていたっけ？

疑う、というか観察するような眼で見てみると、小さく千切ったパンを口に放り込む薫の様子が、なんとなくいつもと違っている気がした。

「ねえ、薫。お昼それだけで足りるの？」

何しろ薫が手にしているのは、コンビニのメロンパン1個と野菜ジュースだけ。ダイエットしているんならカロリーの高いメロンパンをチョイスするのはおかしいし、普段の薫は別に小食でもなんでもない。絶対に足りないはずだ。

「もしかして調子悪い？　医務室行って薬貰ってこようか？」

智美も気付いていたらしくて、心配そうに言う。

「大丈夫ですよぉ、そんなことより！」

話の腰を折るように、薫はにんまりと歯を見せるように笑いながら、ずい、とこちらに身を乗り出してきた。

「吉村さん。百合先輩のお見合いの話、もう聞きました？」

「お見合い？　何それ、聞いてない！」

「ちょっ！　別に言わなくてもいいから！」

「斎藤さん、百合先輩のお見合いの席に乗り込んで『僕は百合さんじゃなきゃ、駄目なんです！』って言ったんですってよぉ！」

「すっごーい！」

きゃあきゃあ「ドラマみたい！」と騒ぐふたりに、イラっとする。こういう反応されるだろうってわかっていたからこそ、言わないでいたのに！

薫にこのことを教えられるのは、私と隆二を除けば、ひとりしかいない。そう、私のお見合い相手であり、隆二の友達で、薫といい感じの都筑さん。

「ていうか、薫、アンタも他人のこと言えないんじゃない？」

「何ですか？　私はいつも清廉潔白ですよぉ」

「彼氏出来たんなら、教えてくれてもよくない？　都筑さんのこと、聞いたわよ！」

嫌みをたっぷり込めて言うと、薫は少しバツが悪そうな表情を浮かべた。ふむ、自覚はあるわけだな。

「ちょっと、色々あって……」

「色々って何よ？　いつもなら彼氏が出来たらすぐに教えてくれるのに、今回はどうしたっていうわけ？」

形勢逆転、今度は私が薫を攻める番だ！

畳みかけるように突っ込むと、薫は「先輩がそこまで言うなら、教えちゃいます」と、不敵な笑みを浮かべた。あれ？　思っていた反応と違うぞ。

「実は……」

たっぷりと間を取って、薫は高らかに宣言した。

「子供が出来ました！　なんで来月結婚しまーす！」

「えぇぇぇぇっ!!」

あまりの爆弾発言に、驚きの声が智美と綺麗にハモった。

「アンタ、付き合って何ヶ月よ？」

えへへ、と誤魔化すように笑いながら、薫は指を3本立てる。3ヶ月!? 早っ！

「子供は今何ヶ月なの？」

「……そっちも3ヶ月です」

思わず智美と顔を見合わせてしまった。付き合ってすぐに出来ちゃったってこと!?

「体調は大丈夫なの？ ほら、つわりとか……」

本来ならば「おめでとう」と言ってあげなきゃいけないのに、口からついて出たのは心配の言葉だった。あまり妊娠についての知識は無いけれど、3ヶ月ならつわりが酷い時期ってことくらいは知っている。

「吐き気とかはなくて、ちょっと食欲ないくらいなんで、大丈夫です」

それで昼食がメロンパンだったわけか。納得。

「無理はしちゃ駄目だからね！ まあ、おめでとう」

「ありがとうございます。ただ、先輩にはご迷惑かけちゃうことになるんですけど……」

「いいわよ、そんなの。で、いつまで？」

「何がですか？」

「え？ だって結婚するってことは、仕事辞めるんでしょう？」

元々薫は恋愛至上主義だし、私に迷惑かける云々と言ったから、てっきり仕事は辞めるものだと思ったのだ。ところが薫はきりっと表情を引き締めて、一気に言った。

「私、仕事辞めません！　そりゃ、辞めた方がいいってわかってますけど、辞めませんから、頑張りますから！」

「ちょっと、どうしたの？」

薫のあまりの剣幕に、私も智美も戸惑ってしまう。

「すみません、仕事のことで、彼と揉めたんで……」

さっき言ってた色々あったって、薫が仕事を続けることに関してだったのか。

「なんで揉めることがあるの？　ウチの会社育児休暇取れたよね？」

思わず智美に確認すると「もちろん。子供が1歳になるまで取れるよ」と返ってくる。公務員並み、とまではいかないけれど、有名無実な制度ではないはず。

「仕事っていうか……正直、産む、産まないで揉めました」

「……付き合ったばかりだったから？」

思わず「何で!?」と言いそうになったのをぐっと堪えた。

「それもありますけど、私、去年入社したばかりの新人じゃないですか。なのに、出来婚して産休取るって、すごい非常識でしょう？　やっと仕事がどうにか出来るようになったペーペーがまる1年休むなんて、迷惑以外の何物でもないし」

簡単に否定できないのが辛いところだった。私が薫を心配するのは、仲のいい後輩だからだ。これがもしも全く面識の無い智美の部署の社員だったりしたら、そう思ったかもしれない。

「だから……今回は諦めた方がいいんじゃないかって思ったんです。仕事と家庭の両立が出来るほど、私器用でも優秀な訳でもないし。色々教えてもらって、やっと仕事楽しくなってきたのにって」

「薫……」

「でも、彼が産んで欲しいって言ってくれて……覚悟決めました！　両方ゲットします！　頑張ります！」

ぐっと拳を握りしめた薫の顔は、清々しい決意に満ちていた。そのしなやかな強《した》かさに、まるで別人と話しているような不思議な気分になる。

よく知っているつもりの相手でも多面性というか、見たことのない部分というのはあるもんだ。

「でも……一つだけものすっごく妥協しましたぁ……」

ふにゃりと力が抜けるように、薫の表情が途端に曇る。

「都筑さんの何に妥協するのよ？　顔だって職業だっていいじゃない」

性格が悪いとか？　でも子供を産んでくれと熱心に説得してくれる人が、悪い人とは思えないけど。

「義両親と同居なんですぅ……」

「あぁ……」

そりゃ覚悟決めないといけないわ。


「森山さんが妊娠!?」

「うん。それで来月結婚するんだってさ」

「今何ヶ月なの?」

「3ヶ月だって」

帰って来た隆二に、早速薫の結婚話を告げると、当然だけれどかなり驚いていた。まあ、驚くなという方が、無理な話だ。

隆二は苦虫を噛み潰したような顔でソファにどかりと乱暴に座りこむと、深くため息を吐いた。

「……都筑のヤツ、何が貸しだよ。結局あの見合い、断る腹積もりだったんじゃねーか」

「みたいだね」

薫から話を聞いた後に私も気付いた。だって、時期を計算すると、あの見合いの前に都筑さんは薫の妊娠を知っていたはずだもんね。

ここは都筑さんをさすが百戦錬磨の弁護士、と称賛するしかない。だって友達だろうが同業者だろうが綺麗に丸めこんで、自分から断らなくても済むように仕向けて、さらに貸しまでつけてしまったのだ。

「でも最近まで色々あって揉めてたみたい」

「はぁ!? なんだよそれ。……ったく、女には真面目なヤツだと思ってたのに」

隆二が大きく舌打ちする。

「違うよ。都筑さんはすぐに産んでくれって言ってくれたんだって。迷ったのは、薫の方」

「いーや。悪いのはやっぱり都筑の馬鹿だよ」

「なんで?」

「年齢も社会経験も上だし、男としてきちんと配慮してやれなかったのは駄目だろ」

「厳しいわねぇ」

「厳しくもなるさ。俺は百合とこうなるまですっげぇ頑張ったのに、都筑のヤツはあっさり好きな女捕まえちまいやがって……」

あ、なるほど。そういう怒りでしたか。全く、他人と恋のスピード競い合っても仕方ないでしょうに。

こんな時は隆二の隣に座って、いいこいいこするみたいに頭を撫でてあげる。そうすると、隆二は途端にふにゃりと笑顔になるのだ。お返しとばかりに伸びてきた隆二の手が、私の髪を撫でる。さらさら、と髪が流れる音が心地いい。

「あれ？　なんか熊増えてない？」

テレビ台に並んだ熊のぬいぐるみを見て、隆二が言った。

「わかった？　新しいの出来たの」

隆二の家に住むようになって、通勤時間が少し短くなった。その分自由になる時間が増えたので、せっせと色々作っては、本だらけだったこの家を飾りつけていた。

テレビ台や空いた本棚には熊のぬいぐるみやプリザーブドフラワーのアレンジメントが並び、ソファには花柄のキルトカバー。男の人らしくさっぱりとしたモノトーンだった部屋がどんどん乙女に染まってきている。

隆二が好きにしてもいいって言ってくれたから、言葉通り好き放題にしていたけど……ちょっとやりすぎかな。

「可愛いじゃん」

「ホントにそう思ってる？」

今まで散々周囲の人たちから言われてきたから、ふとした時に不安になる。自分だけの部屋だったら好き勝手にしてもよかったけど、今はふたりで暮らしているのだから、尚更。

するど隆二は声を上げて笑って言った。

「俺は百合の乙女ちっくなところ、大好きだよ。女の子らしくて、可愛いじゃないか」

隆二の真っ直ぐな言葉に、頬が熱くなる。それを隠すようにぷいっと顔を背けた。

「もうっ！　口上手いんだから！」

「百合はそんな俺は嫌？」

「……なわけないじゃないっ」

ひとりでいた時も十分楽しかった。そしてふたりでいるともっと楽しくなるって知った。今まで知らなかった幸せが、ふたりで一緒にいることで、見えてくる。

そしたら、このままずっと、一緒にいたい。自然とそんな気持ちが湧いてきて、私の心を心地よく満たしていく。

だから最近は不思議なことに、もうひとりふたり増えたら、もっと楽しくなっちゃうんじゃない？　なあんて思ったりもするんだ。隆二に似てたら、きっと超可愛いはずだもん！

「ん？　どうした？」

視線を合わせると、隆二が優しく問いかけてきた。

「なんでもなーい」

幸せな未来を思い描きながら、私はゆっくり隆二の肩にもたれかかった。

あとがき

ちょっぴり鈍感でマイペースな理系女子と、少しだけ強引だけど優しい弁護士のお話はいかがでしたでしょうか？

正直このふたりの物語は、動き始めるまでが大変でした。というのもお恥ずかしい話ですが、私はずっと好きなタイプのキャラクターばかり書いておりました。ところが百合《ゆり》と隆二《りゅうじ》はどちらもこれまで全く書いたことのなかったタイプだったからです。

私の力不足から当初はふたりがなかなか上手く動いてくれなくて、書き進めるのにかなり苦労しました。でも読み返してみますと、悩んだ時間はとても貴重だったと感じております。担当編集様にはかなりご迷惑をおかけしてしまいましたが……。

あれこれ悩んだせいか百合はツンデレを目指したはずなのですが、なんだか違う性格になってしまいました。

隆二も当初の予定ではもっと腹黒な感じだったのに、どうしてこうなった。

そういえば担当編集様と話していて盛り上がったのですが、百合と隆二ってけっこうあっさり結婚しちゃいそうですよね。年齢もちょうどいい感じですし。

百合は結婚したらすっぱり仕事を辞めて主婦になっちゃうんじゃないかな。きっと毎日綺麗に家を整え、手芸に勤しみ、美味《おい》しいご飯を作ることに一生懸命な、いいお嫁さんになるだろうと思います。隆二はそんな百合を目一杯甘やかしつつ、人付き合いの苦手な部分はしっかりフォローしてくれるでしょう。

他の登場人物の中では、個人的に百合の後輩、薫《かおる》が結構お気に入りだったりします。要領よくいいとこどりをしているように見える彼女ですが、ある意味登場人物の中では一番の苦労人だと思います。ぜひ女の幸せを全て摑んでほしい！

さて、拙作『プリンスは太めがお好き?』をお読み下さった方はもうおわかりだと思いますが『イケメン弁護士は乙女ちっくがお好き?』は同じ会社の物語です。百合の親友智《とも》美《み》の恋が気になるという方はぜひ『プリンスは太めがお好き?』をご覧下さいませ！

こちらのふたりは百合たちとは違って、結婚となるとちょっと大変そうですが……。

前作と同じ会社の話ということで、今回も挿絵を城之内寧々《じょうのうちねね》様が担当して下さったのですが、頂いたイラストは私が脳内で思い描いていた百合と隆二の姿そのものでした。本当に素敵なイラストをありがとうございます！

刊行に際しまして、ご指導下さいました担当編集様をはじめ、携わって下さった全ての方にお礼申し上げます。

最後になりましたが、最大の感謝は、拙作を手に取って下さったあなたに捧げたいと思います。本当にありがとうございます。お気に召して頂ければ、作者としてこれ以上の幸せはございません。

山内《やまうち》　詠《えい》

私たちの会社のメンバーを
紹介します♡

『イケメン弁護士は乙女ちっくがお好き?』
『プリンスは太めがお好き?』
登場人物集

怖そうに見えてもでかくても、
女だもん。
我が道を行く
乙女趣味の理系女子
小林百合 所属:品質管理部

百合の可愛いところ、
もっと見せて

32歳、弁護士、有名私大卒、
跡取り息子で顔もよし!?

斎藤隆二 所属:法務部予定

「私も……私も黒滝さんの全部が、大好き!」
ただいま絶賛ダイエット中?
みんなに愛されるマシュマロ系女子
吉村智美 所属:営業部

「よかった。
吉村さんに食べてもらえて、
そのドーナツは幸せだね」

一途な想いを叶えた
営業部のプリンス

黒滝信也　所属:営業部

百合ちゃん可愛いです
可愛いし弱いし強いしいい子です

私もでかいし
意外と可愛い物好きだよねって
言われるので
気持ちが分かる気がします

せっかくなんで
可愛い服着せてみました！

寧々

Opal

イケメン弁《べん》護《ご》士《し》は乙女《おとめ》ちっくがお好《す》き?

オパール文庫をお買い上げいただき、ありがとうございます。
この作品を読んでのご意見・ご感想をお待ちしております。

ファンレターの宛先

〒102-0072　東京都千代田区飯田橋3-3-1
プランタン出版　オパール文庫編集部気付
山内 詠先生係／城之内寧々先生係

著　者――**山内 詠**(やまうち えい)
挿　絵――**城之内寧々**(じょうのうち ねね)
発　行――**プランタン出版**
発　売――**フランス書院**

〒102-0072　東京都千代田区飯田橋3-3-1
電話(営業)03-5226-5744
　　(編集)03-5226-5742

印　刷――誠宏印刷
製　本――若林製本工場

ISBN978-4-8296-8223-4 C0193

原稿大募集

オパール文庫では、乙女のためのエンターテイメント小説を募集しております。
優秀な作品は当社より文庫として刊行いたします。
また、将来性のある方には編集者が担当につき、デビューまでご指導します。

募集作品

H描写のある乙女向けのオリジナル小説（二次創作は不可）。
商業誌未発表であれば同人誌・インターネット等で発表済みの作品でも結構です。

応募資格

年齢・性別は問いません。アマチュアの方はもちろん、他誌掲載経験者やシナリオ経験者などプロも歓迎。

（応募の秘密は厳守いたします）

応募規定

☆枚数は400字詰め原稿用紙換算200枚～400枚
☆タイトル・氏名（ペンネーム）・住所・郵便番号・年齢・職業・電話番号・メールアドレスを明記した別紙を添付してください。
　また他の商業メディアで小説・シナリオ等の経験がある方は、手がけた作品を明記してください。
☆400～800文字程度のあらすじを書いた別紙を添付してください。
☆必ず印刷したものをお送りください。
　CD-Rなどデータのみの投稿はお断りいたします。

注意事項

☆原稿は返却いたしません。あらかじめご了承ください。
☆応募方法は郵送に限ります。
☆採用された方のみ担当者よりご連絡いたします。

原稿送り先

〒102-0072　東京都千代田区飯田橋3-3-1
プランタン出版「オパール文庫・作品募集」係

お問い合わせ先

03-5226-5742　（プランタン出版　オパール文庫編集部）